余命１日の僕が、君に紡ぐ物語

喜友名トト著

新潮社版

11781

余命1日の僕が、君に紡ぐ物語

1 day to live,
from me to you

２０１７年　４月17日　月曜日　ＡＭ06：30

枕元（まくらもと）でうるさくがなり立てるスマホのアラーム。

起きろ起きろ起きろ、ほらほら早くしろ。そう言わんばかりにどんどんボリュームが大きくなっていくアラームを止めようと、俺は目を開けて、起き上がった。

……あれ？

スマホを手に取った俺はまだ寝ぼけていたけど、それでも違和感には気付いた。

これは、俺のスマホじゃない。

まず、色が違う。ディスプレイのデカさも違う。そして時間を見ると今は六時三十分だ。時間的には融通のきく仕事をしている俺は、そんなに早い時間に目覚ましをセットする習慣なんてない。そして、俺のスマホはどこにも見当たらなかった。

「……昨日、なんかあったっけ……？」

しかしアラームはうるさいので、とりあえず停止させる。それから考えた。

昨日はどうしたんだっけ。例えば居酒屋で酔っ払って人のスマホを持ち帰ってしまったとか、そういうことはあっただろうか。

いや待てよ。もしかしたらバーで隣に座った女性にカクテルでも奢って、流れで部屋へ招いて一夜を過ごした。このスマホはその女性のものである。という状況か？

いや、そこまで俺のナンパは成功率が高くない。まして、そんなことがあったら絶対に覚えているはずだ。じゃあなんだってんだろう。

記憶の糸を手繰ろうとした俺は、猛烈な不安感に襲われた。

「あれ、あれ？　なんでだ？」

俺は昨日、横浜にいたはずだ。ツーリングをして、スーパー銭湯に入って、帰るのが面倒になったからそのままカプセルホテルに泊まった。そのはずだ。家に帰った記憶はない。なのに、俺は今朝、住み慣れたアパートの一室で目が覚めた。なんだこれ。

飲み過ぎた日に記憶を飛ばしたことはこれまでにもあったけど、今回は違う。そもそも、飲みに行った記憶すらないのだ。

「嘘だろ。いやちょっと待ってマジで」

つい、独り言が続いてしまった。

アルコールで記憶を失った翌朝に焦る、という経験はある。一緒に飲んでいた人に迷惑をかけなかったかとか、財布はちゃんとあるかとか、家の中でゲロを吐いたりしてないかとか、そういうヤツだ。

それですら、焦る。だから今回はさらに怖い。昨日の俺は、どうやって横浜から家に帰ったんだ？　ちなみに、頭も痛くないし二日酔いの気配もない。まるで睡眠不足が続いたあとに思いっきり寝たときのように、体調は良好だ。

OK。一回冷静になろう。記憶がない、ってのはどこからだ？

名前、年齢、育ち、職業、今やってる仕事。……バカみたいだけど、そこから確認してみる。

俺は岸本アキラ、23歳、職業は小説家、ペンネームは岸本瑛（えい）。今は新作の出版のために担当の編集者に企画を出しているところ。神奈川県の湘南（しょうなん）にあるアパートで一人暮らし中、彼女はいない。

よし。大丈夫だ。ちゃんとこの部屋にも見覚えがあるし、実家の家族や友人のことも思い出せる。記憶喪失というわけではなさそうだ。

いつまでもベッドに横たわっていても仕方がないので、俺はとりあえず立ち上がり、部屋の中を見回した。とはいっても2LDKなので、それも一瞬のことだ。誰もいない。念のためリビングの窓を開けてベランダに出てみる。いつも通り、近くに海が見えて、潮の匂（にお）いがするだけで、とくに異常はない。

この謎のスマホの持ち主が泊まっていったということは、やっぱりなさそうだ。

「一回、落ち着こう、うん」

自分にそう言い聞かせ、洗面所にむかうことにした。

一日くらい記憶をなくしたって、そこまで大きな問題じゃないはずだ。もちろん、脳の異常とかだと困るから、それは病院に行こうとは思うけど、まずは落ち着くことがさきだ。

バスルームに繋がる洗面所にたどり着いた俺は蛇口をひねって勢いよく出てくる水で顔を洗おうと……。

「……これって……」

洗面所の鏡を見て、絶句してしまった。さっきまでは洗面台しか見ていなかったから気付かなかったが、少し汚れている鏡面には、文字が書かれていたのだ。

〈ＰＣを立ち上げろ。デスクトップにある『引継ぎ』テキストデータを開け。アキラ〉

赤い文字で書かれたそれは、昔のヒットナンバーの歌詞にある伝言のようだった。もっともルージュで書かれているわけでも、浮気をたしなめる内容でもない。

だから、少しも可愛くないし、オシャレでもない。ただ、さすがにゾッとした。

俺にはわかったのだ。その文字を書いた人間が誰なのか、ということが。

これを書いたのは、俺だ。けっして上手くはない文字。おそらく人生で一番書いたであろう『アキラ』という文字列の癖、それは、完全に俺のものだった。もちろん、書いた記憶などない。

なにか、とんでもないことが起きている。体の芯が冷えたようなその感覚。俺はその文字をよく見ようとして鏡面に顔を近づけた。そこでさらに気付いたことがある。

これ、俺か？

鏡に映る男は、俺のイメージしている『俺』とは少し違っていた。まず、髪が長い。最後に散髪してから二週間経っていないはずなのに、俺の髪形は見慣れたツーブロックではなく、ミディアムショートの長さになっていた。緩いパーマまでかけている。

それから体つきも違う。大学時代にボクシングをかじっていた俺は、減量の名残で少し細かった。だけど今見ている体はややガッチリしていて、細マッチョと言ってもいい感じになっている。

それ以外にも様々な差異が感じられるが、一言でいえばこういう風に見える。

俺は、年を取っている。

大学を卒業して一年も経っていないはずだが、今見ている自分の姿は二十代中ほどくらいに見える。少年っぽさがすっかり消えており、より青年らしくなっている。

もしかして俺は……。

叫び声をあげそうになったが、それはなんとかこらえた。

どうすればいい？　これは明らかに異常な事態だ。家族に連絡をしたり、救急車でも呼んだ方がいいのか？　いや、まずは。

俺はよろけながらも部屋に戻り、ＰＣを立ち上げた。あの鏡のメッセージは俺の字だった。なにはともあれ、まずは事態を把握しなくてはならない。

「ほんとに、あった……」

デスクトップ画面には、俺の知らないテキストファイルがいくつも保存されていた。『新作　プロット』『新作　執筆中　２０１７／４／16』『新作　熊川さんチェック二回目』……、そして、『引継ぎ』。

このＰＣにはパスワードを設定している。そしてそれはどこにもメモしていない。俺だけが知っている、規則性のない文字列だ。それなのに、誰かがこのＰＣを立ち上げてファイルを保存しているのだ。

誰か。いや、ある可能性に思い至ってはいる。このファイル名のつけ方は、俺が小説を執筆中にやるのと同じ方法だ。でも、なんでそんなことをしている？

タフガイを目指す俺らしくもなく、指先が震えて、唇が乾いた。

４月18日　火曜日　AM06：45

寒気を覚えながら開いた『引継ぎ』のテキストファイル。その一行目には、こうあった。

〈まずは落ち着け。大丈夫だ。お前は、いや俺は、つまり岸本アキラは、その状態でもう二年ほど生きている。混乱してバカなことをしないでくれ。例えばこのPCをぶっ壊すとかそういうことはするな。それやったら色々大変だから……落ち着いたか？　いや、知ってる。お前はとりあえずこのファイルを全部読むはずだ〉

そりゃ、当たり前だ。現状唯一(ゆいいつ)の手掛かりというべきこのテキストファイルを俺が消すわけがない。たしかに焦ってはいるし、怖いとも思っているけど、俺はそんなにバカじゃない。

どんなときでもクールになれた方がカッコいい。これは俺の好きないろんなヒーローが教えてくれたことで、そうあろうと日々思っていた。もちろんそうできないことは多々あるし、正直今なんて大声でわめきたいくらいだ。けど、ハードボイルド風味を目指して生きている俺だ。ＯＫアキラ、冷静になろうぜ。いや冷静になったふりをしようぜ。

　このメッセージを書いているヤツは、多分、俺だ。より正確に言えば、過去の俺だ。書いた覚えはさっぱりないけど、きっとそうなんだ。

〈全部読めば、今の状態がわかるし、するべきこともわかる。そして生きていける。かなりヘヴィな状態なんだけど、悪いことばかりじゃないぜ〉

　このセリフ回しはいかにも俺っぽい。妙にスカしていて、カッコつけで、バーボンを片手にブルースを聞きながら書いたぜと言わんばかりのバカっぽさ。フィリップ・マーロウと西部劇とロックを感染源とするクラシカルなタイプの中二病患者だ。

　それにしても、悪いことばかりじゃない、だって？　この状態が？

　過去の俺はずいぶんタフガイだったみたいだ。

〈結論から言う。というか、もう気付いているだろうけど、お前は、『前向性（ぜんこうせい）健忘』だ〉

……ＯＨ。やっぱりそうだったのか。はー……。こいつはヘヴィだ。

メッセージによれば、俺は、横浜からの帰り道にバイクで事故にあったらしい。頭を強打した俺は、脳に障害を負った。

前向性健忘。俺は知っている単語だけど、これって一般的にはどうなんだろう。

簡単に言えば、ある時点からさきの記憶が一定の時間しかもたない症状のことだ。ある朝目が覚めて、一日を過ごし、眠る。しかし翌朝起きると昨日のことを覚えていない。

いわゆる『記憶喪失』とは違い自分が誰かということも、どういう人生を歩んできたかということも覚えているが、ある日を境に新しい記憶は蓄積されなくなる、それが前向性健忘だ。ちなみに、これは世界的にも珍しい症状であり、いまだ研究も進んでいないらしい。思えば、さっき自分のものではないと思ったスマホは、いつかの時点で機種変更をしたことを覚えていなかっただけで、俺のものなのだろう。

医学の知識なんてない俺がどうしてそんな珍しい障害を知っているか？　それはまあ、おもにフィクション、ドラマや漫画やアニメからの知識だ。だからどこまで正確なのかはわからない。


〈前向性健忘って知ってるよな？〉

知ってるよ。

〈一応念のため言っておくとあれだ。アンダーグラウンドの闘技場で戦い続けるシラットの達人とか、50回ファーストキスする夫婦とか、何度でもきみに初めての恋をする僕とか、あの人たちの状態が前向性健忘だ〉

まさに、俺もその三つを真っ先に思い出していた。さすがは俺さんの指摘である。

今あげられた例は、いずれも前向性健忘がストーリーに上手く機能していた。俺も一応作家なので物語には少し詳しいのである。

あれらはどれも面白い物語だったし、恋愛を絡めたものは、いかにも女性が好きそうで、泣けました！　とか、切ないです！　とかいう定番の感想を読んだこともある。売れ線ってヤツだ。

他にも毎朝自分が誰かすらも忘れる女の探偵や、学生プロレスを頑張る人もいたな、そういえば。

ただ、あれはあくまでも物語だ。実際、あんな症状になったら。

〈不便だ。かなり不便だぜ〉

俺さんの言う通りだ。まともな社会生活を送ることは極めて難しくなると思われる。記憶が一日しかもたない。出会った人の顔も、新しく学んだ仕事のやり方も、話した内容も覚えていない。それはかなりキッイんじゃないのか。

まず、普通の仕事をすることは不可能だろう。まともな人間関係を築くのも難しい。物語の中では、忘れたくないことをいちいちノートにメモしたりして生活していた人もいたが、それはかなり面倒くさいし、そもそも十分とは言えないだろう。

それが、俺の身に起きていること。

あまりのことに、一瞬言葉を失ってしまった。控えめに言っても、絶望的な状況なのではないだろうか。

「けど……」

俺は、このテキストによれば、この状態ですでに二年も生きているらしい。

俺は、記憶力を失ってからどんな風に生きていたのか？　いや、生きてこられたのか？

俺は、これからどうなるのか。

鼓動が速まった気がした。自分の感情が今どうなっているのかわからない。

怖さもあるし、混乱もしている、でも、それだけじゃない。まだ現実感がなくて他人（ひと）

事(ごと)みたいに感じているせいなのかもしれないけど。

俺は、少しだけ高揚していた。まるで、サスペンス小説の面白いところに差し掛かり、続きが気になり始めたときのような感覚。ヒヤヒヤ、ゾクゾク。

いや、やっぱり絶望感の方があるか。

……ヤバいな、これ。

4月20日　木曜日　AM07：00

ひとまずは状況の把握だ。これを書いた過去の『俺』は今の、そして多分明日以降の俺に有益な情報を伝えるためにこのテキストを書いたはずだ。

俺は、暑くもないのに背中に汗をかきつつ、ひたすらに読み進めた。


〈ここからは端的に書く。岸本アキラ(俺たち)には、時間がないからだ。本当はここに至るまで相当の葛藤(かっとう)やら決意やら努力やらあったんだけど、それを細かく書いていると読んでいるだけで一日が終わりかねない。そうなったらマズイのはわかるだろ？　まずは前向性健忘になった俺が何故、今のような一人暮らしの生活を続けているかというところについて説明する。

　事故にあった直後、俺は当然病院で目覚めた。そしてその後しばらく入院していたらしい。なんで『らしい』なんていう表現をするかというと、これを書いている今の俺も、そのときの記憶がないからだ。

　意識が戻り、怪我が癒えていったそうだが、そのときの俺……わかりにくいな。仮に『病院俺』とする。

『病院俺』にも、昨日の記憶がなかったそうだ。毎朝目が覚めるたびに、どうして病院にいるのか、何故怪我をしたのか、俺は横浜のカプセルホテルに泊まったはずではなかったのか、と質問をしていた。そこで、俺の前向性健忘が発覚した。

　しばらくはそのまま入院していたらしい。やがて体の傷は完治したが、記憶力の方はまったく戻る気配はなかった。そんなある日、医者は『病院俺』に言った。

「このまま入院していても、回復の見込みはないでしょう」

　医者から見れば何日も入院している患者だが、『病院俺』からすれば目覚めた初日にそれだ。まあショックだったと思う。もしかしたら医者にわめいたりしたのかもな。

　しかし医者は続けた。

「少ない症例ですが、回復した例もまれにあります。これはあくまで一説に過ぎないのですが、新鮮な経験や、強い感動など、心への刺激が回復に繋がるという話もあります」

　それを聞いた『病院俺』はそのとき考えたことを書いて、明日の自分へむけて保存した。そして翌日の『病院俺』はそれを読んで、さらに考えて、また明日の自分に残した。

　これが、今に繋がるスタートだったと思ってくれ。

　考えることには時間がかかる。でも、考えた結論を読むのは一瞬だろ？

　今日の結論はこれ。それを踏まえてさらに考える。

　なにしろ、自分が考えたことなんだから、ある意味では信用できる。

　そうやって、当時の『病院俺』は思考を突き詰めていき、ある日結論を出した。

　つまり、退院して普通に暮らす、ということをだ。

　理由を書く。

　まず、現実問題としていつまでも入院してはいられない。作家としてのデビュー作がそこそこ売れたときの印税や、両親が残した財産、それから事故のために受け取った慰謝料なんかで当面の金はあったけど、それだって無限じゃない。妹の進学のことやこれからの生活のこともある。

　だから、金は稼がなければならない。

　次に……。抽象的な言い方だけど『意味』。

考えてみろ。毎朝起きるたびに記憶がリセットされ、ひたすら入院している。記憶がない以上、毎日同じような行動をして、眠りにつくのだろう。なにも生み出すこともなく誰かに影響を与えることもなく。

『病院俺』はなくなってしまう記憶の代わりに、なにかしたかったんだと思う。そしてそれは俺も一緒だし、お前もそう思うはずだ。

ではどうするか？　推測はできるよな。

そう、俺は、それまで通り、小説家としてやっていくことにした。

というか、それしかできない。

考えたらわかると思うけど、普通に就職するなんて絶対に無理だ。バイトも厳しい。なにしろ、新しいことを記憶できないんだから、技術も身につかないし、人間関係も築けない。

けど、小説なら、いけるかもしれない。そう考えたらしい。

俺は前向性健忘を発症する前から小説家だったから、書くスキルを失ったわけじゃない。昨日のことを忘れていても、昨日書いた文章は残っている。それを読んで、毎日続きを書く。そうすれば、いつかは小説が完成する。

無茶苦茶言ってるようだけど、これは案外上手くいってるぜ。あとで読むことになると思うけど、最初の俺は思いつき程度のメモを書いて、それから少しあとの俺はメモから小説の粗筋（プロット）を書き始めて、さらにあとの俺はプロットを完成させて、次の日の俺はプロットを確認して本文を書き始めて……。

そして、今では書きかけの原稿を編集者に送って直しを入れてもらったり打ち合わせしたりできるレベルまで達している。

ちょっと信じがたいことだと思う。でも本当だ。原稿を読めばわかる。

俺は小説一冊読むのに、大体二時間くらいだろ？　で、書くときは千文字あたり一時間前後。こんな状態だからもう少しかかるときもあるみたいだけど、なんとかなる。

ここまでをまとめる。

俺（お前）は、一人暮らしをしていて、過去の自分が書いた、だけど覚えてすらいない小説を読み、その続きを毎日書く生活を送っている。ＯＫ？〉

4月22日　土曜日　AM07：15

「ＯＫ？　……じゃねぇよ！　なんだそれは！」

俺はらしくもなく声をあげてしまった。それも、過去の自分に対してだ。

と、いうか。

ふと、思った。

このテキストは、なにも昨日の俺が書いたものではないだろう。もう少し前のはずだ。

もちろん、その後の俺が最初の文章から多少は改稿とかしてるのかもしれないけど。

と、いうことは、もしかしたら昨日の俺も、一昨日（おととい）の俺も、ここまで読んで大声をあげてしまったのかもしれない。同じ人間が同じ文章を同じ状況で読んだら、同じ反応をするはずだ。

わー。この状況でそんなことを冷静に考えられる俺ってクール……。

などと思いつつ、俺はさらに過去の俺からのメッセージを読み進めた。

「……なるほど。そういうことか」

どうやら、俺には毎日やらなければならないことがあるらしい。

それは、今この生活を最低限続けていき、そして少しでもさきに進むためのいくつかのルールだ。

ルール１『過去の自分からのメッセージをすべて読む』
これは起きてすぐに行う必要がある。そうしなければまず状況がさっぱりわからない。
まあこれは、記憶がない状況で洗面所に行けば自然と行うことだし、なにより今日、というか今の俺自身が行ったことなので、これからさきも行われるだろう。問題は次のルールからだ。

ルール２『今日得た経験を簡潔なテキストにしてまとめておく』

こんな状況でも、外出するなり映画を観るなり本を読むなりはしてもいい、というか、した方がいい。脳への新しい刺激は症状の改善に繋がる可能性があるそうだし、小説を書く上でもインプットは大事だ。

ただし、俺は新しい経験や知識を得ても、明日には覚えていない。だから、それをメモにして残していかなければならない。映画を観たならストーリーやポイントをまとめ、実際に視聴するよりもはるかに短時間で理解できるようにしなければならない。なにしろ一日は短く、今の俺にとって、時間は貴重だからだ。

ものによっては、タイトルと『つまんねぇし意味ねぇ』の一言だけ残すべき映画もあるだろうし、叙述トリックのネタだけ残す小説もあるだろう。前者はその映画を二度と見ないために、後者は読む時間を節約して必要なエッセンスだけを取り込むためにだ。

あるいは、容姿の特徴を事細かに書き残しておくべき女の子との出会いもあるかもしれない。撮った写真を画像として残しておく必要もあるだろうし、編集者とのやりとりの記録も必要だ。外出するときはいつでも手帳を携帯し、体験によって得た情報を書き込む、そして家に戻ったらその内容をＰＣに保存しておく。俺はよく手帳を置き忘れる癖があるから、なくしても一日分の損失で済むように、絶対に毎日ＰＣに保存すること。

ルール３『自分の書いたプロットと、それに基づく書きかけの小説を読む』

つまりこれが、ＰＣのデスクトップ上に保存されていた別ファイルのことだろう。当然、まったく記憶にない。他人が書いたもののように思えるのだろうか？

ルール４『ルール１～３をふまえ、小説の続きを書く』

これが一番大事らしい。少なくとも過去の俺が残したテキストにはそう記されている。

最後にはデカくしたフォントでこうも書かれている。

負けるものか。諦めるものか。

「……無茶言うなよな……」

俺はまたしても独り言を呟いてしまった。独り言多すぎだろ、と思う人もいるかもしれないが、俺と同じ状態になってみたらきっとソイツも独り言増えるって絶対。

そもそも俺は、まだ起きてから一時間程度しか経っていないのだ。それでこんな状況を説明され、その上でなにかやれって？　こんなの、一日中途方に暮れてもまったくおかしくないだろ。

……ゾクッ。

背中が冷たい。

内心で愚痴った俺は、その意味に気付き、震えた。

そう、たしかに、一日中途方に暮れてもまったくおかしくない状態ではある。しかしその場合俺は、何一つ新しいことを残さないまま一日を終えることになる。そして明日の俺はそのことすら忘れている。何一つ残さないまま、ただ時間だけが過ぎる。

一日くらいいいだろう、では済まされない。一日を無為に過ごした記憶すらない明日以降の俺は、反省も後悔もすることなく、同じことを繰り返してしまうのではないだろうか。無意味で変わらない、ただただ続いていく毎日。

恐ろしすぎる。

例えば今俺が読んでいるこのテキストが、実は一年前に書かれたものだとしたらどうだろう？　それから一年の間、俺は毎日絶望し、途方に暮れて、それを忘れてなにも積み上げてきていないのだとしたら？

なにやってんだよ俺、ふざけんなよ、状況わかってんのか、と思う。そりゃあ思う。

そしてそう思うからには、今日の俺がなにもしないわけにはいかない。

じゃあ、どうすればいい？

俺は、読みかけの『引継ぎ』のテキストファイルをいったん最小化し、他のフォルダ、つまりは昨日までの俺が書き続けてきたはずの小説のファイルを開いてみた。

「はは……書き出し、俺っぽいな。でもなんも覚えてねーや……」

ディスプレイに表示されていく文字の海に不思議な感覚を覚える。そして、もう一つ、大事なことに気付いた。ディスプレイ左下、ワードソフトを使って書いているため、そこにはこの小説の文字数とページ数が記されている。

「５４，５３８文字……！」

文庫本一冊はたいてい十万文字前後。その中での五万文字超え。

それは、遅筆だとよく言われる俺が、さらにこんな状態の俺が一日で書ききれるような文字数ではない。

と、いうことは……。

５４，５３８文字。というただの数字の羅列、だがそこには、熱が宿っているように思えた。

「それにこの小説……もしかして……」

少しだけ読み進めた俺は、今朝起きてから初めてかもしれない感情を覚える。

いわゆる、希望ってヤツだ。

負けるものか、諦めるものか、過去の俺さんたちがそう仰るなら、わかったよ。やるだけやってみるさ。

４月27日　木曜日　ＡＭ11：00

過去の自分からの引継ぎ・連絡事項である『引継ぎ』のテキストファイルを読むのは三時間前に中断している。代わりになにをしていたかというと、記憶にはない自作小説のプロットと書きかけの本文を読んでいたのだ。

これ、どうなんだろうな。毎回そうしてるんだろうか。いや、そうでもないか。さっき、小説本文が六万文字を超えているという衝撃を受けていなければ、例えば三万文字くらいしか書かれてなければ、俺は今も『引継ぎ』の方を読んでいるはずだ。

そういう意味では、やっぱり毎日進まなきゃならないんだろう。

どこか納得し、さて、続きを……！　と思ったそのとき、部屋中に電子音が響いた。

ぴんぽーん、というあれだ。つまり、誰かがインターホンを押しているらしい。

勘弁してくれよ。今の俺には新聞の勧誘やら宗教のお誘いに対応しているような暇はないんだ。ニコニコした眼鏡のおばさん二人に『今、幸せですか？』とか『あなたの人生について一緒に考えましょう』とかそういう冊子を持って立たれても困る。

無視だ無視。

しかしおばさん二人組（仮）は、
ぴんぽーん、ぴーんぽーん、ぴぽぴぽぴん・ぽーん、ぴん、ぽん、ぴんぽん、ぴんぽーん♪

いい加減にしろよ。っていうかなんだよそのリズム。うるせーよ。

ぴん、

「はいはい！　なんですか!!」

多少のムカつきを覚えながらドアを開けると、そこには二人組のおばさんではなく、女の子が一人立っていた。

「遅いよー。今日は時間ぴったりに来たのにさー」

は？

薄いピンクの春っぽいトップスに短めのスカートの彼女。多分年齢は俺よりも下で、二十歳くらいだろうと思われた。

ナチュラルメイクが似合う色白な肌と愛らしい顔立ち、ゆるふわ？　な感じの栗色（くりいろ）のセミロングも手伝い、まあ、美人と言ってもいいかもしれない。

なんか、見覚えがあるような気もするけど……。

「あがるね。今日は春にしてはちょっと暑いよね。麦茶ちょーだい」

呆然としている俺を尻目に、女の子は手慣れた様子でなんの遠慮もなく俺の部屋に入ってきた。履いていたヒール高めの靴はちゃんと並べて置いているが、勝手に冷蔵庫を開けている。

なんだこれ、誰だこれ。

そこでこの岸本アキラは考えた。わりと一瞬で考え事ができるのが俺の七つくらいあるセールスポイントの一つなのである。

もしかして、俺の彼女か？　すごいな俺、前向性健忘を患ってなお彼女ができるのかイケメンすぎるだろ。そうか『引継ぎ』はまだ最後まで読んでなかったな。いったいどういう風に出会ったんだろうか。あれか、ガールズバーとかの店員さんか？　それとも修の彼女の友達あたりか？　しかも結構可愛いじゃん。女子大生かな？　ふははは。

しかし、高稼働した俺の頭脳ではじき出された推測は一言で打ち砕かれた。

「？　なにしてんの、お兄」

麦茶を片手にしたソイツは、ドア付近で立ち尽くしている俺に首をかしげてみせた。

おにぃ、だと……？

「お、お前、日向か!?　マジか!?」

俺としたことが、明らかにクールじゃない声をあげてしまった。

「え、今気付いたわけ？　っていうか、今日木曜日なんだから、そりゃ来るよ」

「木曜日だからなんなんだよ！　お前、高校はどうした、なんでこっちにいんだよ⁉」

俺は、控えめに言っても動転してしまった。起床からこっち、衝撃続きだったけど、これもかなりデカいぞ。

「？　……嘘……⁉　ちょ、ちょっとパソコン見せて、お兄！」

不意に、日向の顔が曇った。焦ったように俺のデスクに座り、ＰＣを勝手に動かし始める。なんだってんだよ。

しばらくして。

「……なーんだ。てっきり『引継ぎ』のテキストが消えたとかハードディスクがクラッシュしたとか、そんなんかと思ったよ。ちゃんと書いてあるじゃん」

日向はふう、と息を漏らし、それから唇を尖らせて俺への不満感を表した。

「だからお前なんで……」

「あ、もしかしてまだ全部読んでないの？　これ」

日向がＰＣを指さした。おそらくは『俺へ』のテキストファイルのことを言っているんだろう。

「あ、ああ」

「ダメじゃん。もう十一時だよ、なにしてたわけ？」

「……小説読んでた」

なんで俺怒られてんだろ、とか思っていると、日向の表情がまた変わった。なにが嬉しいのか、今度は笑っている。子どもみたいなその表情は、たしかに俺のイモウトのものだった。

「そっか。先週までとは違う行動パターンだね。あー、わかった。ちょっと小説読み始めたら止まらなくなったんでしょ。お兄は昔からねー」

ししし、とアニメのイヌみたいに笑う日向を見て、さすがに俺にも理解できた。要するに、日向は俺の前向性健忘について知っているんだろう。考えてみれば唯一と言っていい家族が知らないはずがない。

で、日向によれば、今日の俺は今までとは違った行動をしているらしい。多分、今朝目にした書きかけの小説が六万文字を超えていたからだろう。

それにしても、コイツ、ちょっと変わりすぎだろ。いや、性格は別にあんまり変わらないけど、見た目が。

田舎モン丸出しのガキだったくせに、なにオサレ美人ヅラしてんだよ。

「……ちょっとどけ。読むから」

俺は日向を押しのけ、『引継ぎ』テキストを読もうとしたのだが、それは阻止された。

「いーよ。時間もったいないから口で言うし」

すっ、と立ち上がり、そのまま俺のベッドに寝転がる日向。スカートがめくれている。

気持ちわりーんだよ脚を隠せよ少しは。

「お、おお」

しかし俺はちょっと気おされてしまった。ちくしょう、日向のくせしやがって女みたいになってるからちょっと戸惑うじゃねぇかよ。

「まず、私今、横浜に住んでるから、で毎週木曜日にはお兄んとこ来てるし」

「お、おお。そうなのか……あ、ってことは」

俺はここで思い出した。思い出せるということは、二年以上前の記憶ということだ。

日向は、地元で高校生だった。受験生というヤツだ。コイツは結構頑張っていたと思う。偏差値が高いとこを受けるべく、必死だったらしい。俺もまあ、兄として応援していた。

それが今こっちに住んでるってことは。

「大学受かったのか！　よかったな！　おめでとう！」

俺は素直に祝福したわけだが、何故か日向はしばらく答えなかった。それになんだコイツ、耳が赤いぞ、二十歳過ぎたからって昼間っから酒でも飲んでんのか、さすが俺の妹だな。

とか思っていると、日向はベッドの上で転がり、あおむけになった。それ抱き枕じゃねぇぞ、クッションだからな。

「……ん。ありがと。でも、もうそれ三十五回目」

なにが恥ずかしいのか、それともきまりが悪いのか、日向はクッションで顔を隠して答えた。

「そ、そっか悪い」

俺が前向性健忘を患ってから二年。きっと俺は毎回日向に久しぶりに会って、毎回同じことを言っているのだろう。にしても数えてんじゃねぇよ、なんの悪意だ。

そういや、毎週木曜に来てるのか、もしかして結構世話をかけてるのかもしれないな。

「それにしてもお前……変わったなぁー……、最初誰かと思ったぜ」

ふと、俺がそう漏らすと、日向はなにやら得意げな顔に変わった。ベッドから体を起こし、なにやら楽しそうだ。

ホント、よく表情が変わるヤツだな。俺は無表情な方なのにな。

「ふむん？　はは一ん、そっかそっか、ちゃんと木曜十一時に来るって事前に読んでるときも私見たときのリアクションがおかしいのは、そのせいか一、ほ一、へ一」

「なんなんだよ」

俺はなにやらニヤついている日向を放置し、麦茶を飲もうとした。

が、そこで日向は俺の声真似なのか男みたいな口調でポツリと呟く。

「ヒナタ、綺麗になったぜ」

あぶねぇ、麦茶噴くとこだった。ハードボイルドは麦茶を噴かない。

「バカか」

俺はとりあえずそれだけ言った。他にどうしようもないからである。

「書いとけばいいじゃん、妹の日向はめっちゃ綺麗になってる、って」

「バカじゃないの。で、何しに毎週来てるわけ」

俺には時間がないので、妹とバカ話を続けているわけにもいかないのだ。

「ん。日用品の買い物とかー銀行で記帳とか、あとたまに映画観たりして遊んだりとか？　私、木曜は暇だから」

なんでそんなこと妹とするんだよ、と一瞬思ったが、まあこの場合それも仕方ないだろう。というか、ありがたい話だ。

俺は冷蔵庫の中身すら覚えていられない、そして冷蔵庫の中身をメモする労力ももったいない状況だ。でも生活しなくちゃならない。スマホが壊れたら替えなきゃならない。だから日向がサポートしてくれるんならそれは素直に助かる。映画鑑賞とかは、ルール２にある『新しい刺激』や作家としてのネタ探しのためだろう。

「そうか、スマン助かってる」

「お、おぉ……。ご丁寧にどうも。で、でも覚えてないくせにー……」

　俺がそういったことを覚えていないのは、わりとセンシティブな話なのかもしれないが、だからこそ、まるでネタのように遠慮なくこんなことを言ってくれる日向は、少しありがたいようにも思えた。コイツらしいしな。だからこう答える。

「それでもだ」

　日向は頬のあたりを掻（か）いて、立ち上がった。

「あ、そうそう。ちなみになんでも奢（おご）ってくれて、お昼ごはんも私の希望通りにごちそうしてもらうことになってるから、今日は何食べよっかなー。帝国ホテルのランチにしよっかなー」

　ドア前でくるっと振り返り、スカートの裾（すそ）を揺らした日向。いたずらっぽいその顔を見ればわかるのだが、

「それは嘘（うそ）だよな？」

「ホントデスヨ？　オニーガ、オボエテナイダケデスヨ？」

「覚えてねぇけど、嘘だよな」

　俺は軽くシャワーを浴びて髪形を整え服の準備を済ませると、日向とともに部屋を出ることにした。

　ああは言ったが、実際のところなんでも奢ってやりたい気分でもある。

俺の置かれた状況はかなり特殊で、普通なら暗くなって当然のものだし、それは家族にしても同様だろう。でも、日向は変わっていない。いや変わってたけど、変わってない。

俺の病気が発症してから二年が経つわけだけど、その間に日向は俺という問題との付き合い方を確立できたのかもしれない。それは、とてもありがたいことだ。

普通に接してくれて、俺もそれにつられて笑えた。

「よし、じゃあ行こう。今日はやっぱりもんじゃ焼きがいいかなー」

「はいはい。チーズ入りだろ。よし行くか」

でもきっと、これもずっとは続かない。日向には日向の人生があるし、いつまでも世話はかけられない。そういう意味でも俺は生きていかなければならない。……やっぱり、なんとかしなくちゃならないよな。

そのために俺ができることは。

４月28日　金曜日　PM05：00

「じゃあ今日はここまでにしますか！　いい打ち合わせができましたね！　そしたら、後半はもう少し煮詰めるということでよろしくお願いしますよ!?　ハハハ！」

　対面の席に座る熊川さんは髭もじゃの顔で豪快に笑った。彼は俺の担当編集者であり、ここは彼の勤めている出版社の打ち合わせ用のブースだ。

「ありがとうございます。じゃあ、えっと、一応確認ですけど、締切って……」

「『引継ぎ』にも書いてあったかと思いますが、十一月末日です！」

　熊川さんは柔道三段という編集者に必要なのかどうかわからない肩書に恥じない太い腕で、俺の肩をバシバシと叩いた。

　そうっすか。やっぱり締切は変わらないっすか。

　当たり前のことなのだが、やはり少し不安にもなる。果たして、こんな状態にある俺は締切に間に合わせて小説を書き上げることができるのだろうか。俺は、今したばかりの打ち合わせの内容さえ覚えていられず、明日には『引継ぎ』を読み返さなければならないというのに。

「岸本さんのファンもきっと楽しみにしてますよ！　そのために僕も新作の企画をねじ

込んで実現させたわけですからね！　ご事情は理解していますが、だからこそ傑作を書きあげましょう！」

少し俯いてしまった俺に親指を立ててみせる熊川さん。非常に暑苦しい人なのだが、言っていることはなにも間違っていない。

そうだ。俺は今朝読んだ、書いたことを覚えていない書きかけの小説をなんとしても完成させなければならない。前向性健忘とやらのせいで、俺は二年間、本を出せていないのだから。

このままだと、作家として終わる。そして今の俺が作家として終わるということは、本当に『終わり』だ。当然、無職一直線だし、その後はなにも成さず、ただ漫然と過ごすだけの生活が待っている。

逆にここで傑作が書ければ、証明できる気がした。俺はこれからさきもやっていけるんだと、次の作品だって書けるんだと、やっかいな障害を抱えてもタフでいられるハードボイルド野郎なんだと。

それは、今の俺にとってとても大事なことだ。だから、俺は熊川さんに応える。

「ま、任せといてくださいよ！　最高に痺れる作品に仕上げてやりますぜ！」

半分ヤケクソみたいな大見得を切ったけど、こういうのは口にすることが大事だ。

「おお！　期待してますよ！　なんでも相談してくださいね！　僕にできることはなん

でもやります！　できないことは何もしませんけど！　ワハハ！」

　愉快な人だぜ、熊川さん。そりゃ前半と後半は同じような意味だけど、いちいち言うところがこの人らしい。

「えーっと、じゃあ俺、ちょっとこのブースでそのまま打ち合わせ内容メモしていいですかね？」

「ええ、もちろん！　じゃあ、僕は会議があるので失礼しますが、バイト君にコーヒーのおかわりを持ってこさせますね！」

　バタバタと派手な足音を立てて去っていく熊川さんを尻目に、俺は今の打ち合わせ内容を『引継ぎ』にまとめることにした。

　新作。途中まで読んだそれはわりかし面白かったと思う。でも、自信をもって最高傑作と言えるかどうかは微妙なところだ。それじゃいけない。

　完結させて、推敲（すいこう）して、改稿して、もっといいものを。アイディアを練って、構成を捻（ひね）って、震える作品を。それが記憶力を失った俺が挑む戦いで、目標だ。

　締切は十一月末。その日付はあらゆる意味でのリミットと言える。

　と、いうわけで手帳に書き込んでいく俺。

　ふと、隣の打ち合わせブースから声が聞こえてきた。

「華沢（はなざわ）先生、この話って……」

「ん？　どうかしたのかい？」

「いや……海外ミステリに似たようなネタ、ありますよね？」

「へぇ、知らなかったよ。でもまぁミステリなんてそんなものじゃないかなぁ？」

粘っこい中年男性の声と、弱気な若い声。どうやら、売れっ子作家の華沢先生と、その担当編集者さんが打ち合わせしているらしい、ということがわかった。二人の会話はさらに続く。

「ですけど」

「なんだい？　気に入らないなら次の巻は延期にしてもいいけど、そうなると困るのは君たちの方だと思うけどねぇ」

「そ、それは……！」

「OKならすぐに書き上げられるよ？　一か月もあれば十分かな」

「わかりました。一応編集長に確認を……」

余裕たっぷりな華沢先生とボソボソと声を小さくさせていく編集者さん。

すげぇな華沢センセー。何百万部も売れてる人は圧が違う。熊川さんが編集部内で超頑張って企画通して、やっと出版予定が立った俺とは天と地の差だ。純粋に作家としての能力を考えても、筆が速いのは大したもんだと素直に思う。

「俺なんて半年以上さきの締切に悩んでるってのにな……笑えるぜ」

華沢先生は一応知り合いだし、彼の本も読んだことはある。どうやら、二年の時を経ても、彼はあまり変わっていないようだ。

俺は、どこかコミカルな彼らのやりとりと、それを受けて自虐的になった自分に、ちょっとだけ苦笑した。

おっと脱線した。『引継ぎ』に戻ることにする。

集中集中。俺は俺で、やるだけだ。

５月２日　火曜日　ＰＭ01：00

「ご注文はどうされますかー？」

手帳を開き、一人で書き物を始めようとしていた俺に、ウェイトレスさんが声をかけてくれた。人懐っこい笑顔がまぶしいぜレイディ。

ちなみに、俺が小説を書くのになにゆえノートＰＣを使わないかというと、カフェでＰＣを起動するのはなんだか恥ずかしいからだ。なんかこう、オシャレな感じがしてダメだ。黒縁眼鏡とか踝丈の白パンツとかハットが似合うキャラじゃないからな、俺は。

「あー、どうしようかな……」

「今日の豆はブルーマウンテンナンバーワンなので、お得ですよ！　きっとお客様にも気に入っていただけます！」

なにその謎（なぞ）の自信。俺はどちらかと言えば紅茶派なんだが。まあ、あえて固辞することでもないか。

「そうですか。じゃあいただきます」

ちょっと迷った俺だったが、黒のエプロンと白いシャツのコントラストが清潔感を漂わせるショートカットのウェイトレスさんが大変可愛（かわい）らしいので、とりあえずおススメのコーヒーをもらうことにした。ちなみにコーヒー豆のことはよく知らん。

本当はカフェという場所も苦手だ。なんとかプレートだとか、なになにのナントカ風ランチだとか、スカした名前で量は少ないメシの意味がよくわからん。この店だって海が見えるのはいいんだけど、小綺麗で少し落ち着かない。

喫茶店はおっさんがやっていて、古い漫画とか新聞が置いてある店が一番だ。インテリアやファッション関係の雑誌は読まんし。

なのに、なんで今はカフェに入っているかというと、外をうろついて小説の続きを考えるのも疲れて、思いついた展開をまとめたくなったからだ。歩きながらだとアイディアが浮かびやすい、というのは前向性健忘の状態でも変わらないらしい。

結果、美人なウェイトレスさんも見られたし、コーヒーもよくわからないけど美味しそうな気がする。これは『引継ぎ』に書いておいてもいいかもしれない。

「お待たせしました。どうぞ、ごゆっくり！」

ウェイトレスさんはコーヒーを置くとちょっとだけ笑いかけてくれた。素晴らしい接客姿勢だと思う。まあ美人だからそう感じるってのもあるかもしれないけどさ。

で、コーヒーを一口。

「おっ」

つい声が出た。なんだこれ。思ったより美味いな。ふわっと甘い香りが鼻腔をくすぐり、ほのかな酸味が余韻として残る。へー。これがコーヒーの味か。ここは洒落てるだけではなく、コーヒーにこだわりがある店なのかもしれない。

「さて……と」

俺は再び手帳に視線を戻し、がりがりごりごりとアイディアをまとめだした。書きかけの小説を読んでみたところ、プロット、つまりは小説の概要というか構造自体をもっと改良した方がいいような気がしたのだ。

うーん、せっかくああいう展開にするなら、もっと伏線はった方が……。

俺は急いで書くとめちゃくちゃ字が汚い。けどどうせ俺しか読まないのでどうでもいい。

とても日本語には見えない呪文のような文字列を綴り、ときどき唸っては後頭部を掻く。

「……ふう」

どのくらい時間が経ったのかわからないけど、きりがいいとこまでまとめられた。なので、顔を上げてみると、カウンターのあたりにいたさっきのウェイトレスさんと目があってしまった。彼女はぴくん、と一瞬硬直すると、持っていたトレーで口元を隠してしまった。そして誤魔化すようにしてカウンターを拭き始めた。

……俺はそんなに場違いというか、不審に見えたのだろうか。……まあ、平日の昼間だしな……。そういや、今着てるこのライダースジャケットは、いつ洗濯したのか当然覚えていない。いや、臭くないから多分大丈夫だと思うんだけど、そう感じているのは俺だけなのか……。

「……すいません。お会計お願いします……」

いいんだ。ウェイトレスさんに限らずパン屋さんでも美容師さんでも、居酒屋の店員でも、とにかく可愛い店員さんに勝手にときめき、そして身の程を知るのは男にはよくあることなんだ。それにどうせ俺、明日には忘れてるし――……。

くそったれ。さっさと帰って小説書くぜ。

とりあえずブルーマウンテンっていう豆が美味いことは引き継いでおくとしよう。

はあ。

5月5日　金曜日　PM07：00

今日は調子がよかったのではないかと思う。昨日までのことをまるっきり覚えてないから多分としか言いようがないけど。

というのは、なんと一日で四千文字も書けたからだ。俺が今のような生活を始めてから二年ちょっと、これまでに仕上がっている文字数を考えると一日で四千文字はなかなかのものだ。

最近練り直したと思われるプロットがいい味を出していたためか、ノリノリで書けた。で、疲れた。もう今日は書けない。そう思ったので、美味いという話のコーヒーを飲みに行き、それから駅前のコンビニに移動した。

今から待ち合わせをして、これから飲み会である。

自分の置かれた状況を考えるとそんなことしてる場合かよ、とも思う。でも記憶はなくても疲れやストレスはたまるのかもしれないし、それは発散した方がいい気もする。

それに俺は酒が飲みたいんだ。

ちょうど昼頃、修から連絡があった。

『今日、飲みに行かない？　ちなみにアキラの症状は知ってるし、それでもちょくちょく飲んでるよ』

少し驚いた。修は大学時代からの友人で、卒業してからも仲が良かったが、まさかいまだに続いていて、しかも俺の状態をわかった上で、とは。

正直言うと、まあ、嬉しい。というか、続いていなかったら悲しいところだ。俺は友達が多いタイプじゃなかったしな。二年という歳月が過ぎても友人でいたことはありがたい話だ。

だからというわけじゃないけど、俺は約束の時間より早く待ち合わせ場所のコンビニについた。なんとなく雑誌のコーナーを眺めてみると……。

「え、嘘」

週刊誌の表紙が目に留まった。国民的、といわれた五人組アイドルグループについての記事の見出しが目に付く。解散後の不仲がどうとかこうとか。別にファンとかじゃなかったけど、ちょっとショックだ。

マジか。あの人たち解散したのか。これはなんで『引継ぎ』に書いてなかったんだろう。今初めて知ったのか。それとも書く必要を感じなかったのか。

「けど、世の中のことも知った方がいいよな……」

と言いつつ俺が手に取ったのは新聞ではなく、いくつかの週刊漫画雑誌だった。

パラパラと目を通すことしばらく。

俺は愕然（がくぜん）とした。カタカタと小さく震えてしまう。

「マジかよ……」

まず、葛飾（かつしか）区の亀有（かめあり）公園前派出所で勤務するおまわりさんの漫画が終わっていた。永遠に続くような気がしていたのに。あれが載っていないあの雑誌なんて、想像できない。

一方でいじめられっ子から日本チャンピオンになったボクサーの話は続いていた。しかし話があまり進んでいなかった。いつになったらライバルのイケメンカウンターパンチャーと戦うんだよ。

頭脳は大人の小学生が住む街では今日も元気に殺人事件が起きており、地上最強の生物は宮本武蔵と仲良くしていた。意味がわからない。

変わるもの、変わらないもの。

たかが漫画、たかが二年。それでも、俺はどこか感じ入らずにはいられなかった。

「アキラ」

俺が立ち読みからの諸行無常に浸っていると、後ろから声をかけられた。

「おお、修。……おー……、お前はあんまり変わらないな」

そこにいたのはもちろん待ち合わせの相手である修だ。白の課丈パンツに細身のテーラードジャケット。相変わらず、男性ファッション誌でモデルでもやってそうな爽やかイケメンである。っていうか、実際彼はたまに雑誌とかでモデルもやっていたが、今でも続けているのだろうか。

「そう？　じゃ、行こうか。店、俺の行きたいとこでいい？」

「ああ、どこでもいいぜ」

一緒にコンビニから出ると、修は俺にヘパリーゼのドリンクを渡してきた。マメなヤツだ。

そして移動したのはなにやら雰囲気のいいダイニングバル。創作料理とワインがおススメらしい。多分、デートでも好評を得られそうな場所だ。店選びもスマートだな、やっぱりコイツは。

最初の一杯は二人でビールをほぼ一気飲み。最近ではクラフトビールも流行ってるけど、日本の王道ピルスナーは普通に旨い。黄金のシュワシュワを流し込むのは快感だし、ほのかに香る柑橘類っぽい感じもよい。

で、即二杯目。

俺はデュワーズのハイボール、修はなんたらというオーストラリアの赤ワインを頼んだ。

「あー……、最近、どうよ？」

　雑に話題を振ってみる。男同士の飲み会なんてこんなもんだけど、俺の場合はより切実だ。

「あ、恒例のヤツだね。『引継ぎ』は今日読んできたの？」

　修は俺の症状とそれに伴う生活を知っているとのことだ。俺の方も、今の修がどういう状態にあるのかということくらいは一応読んできた。

「今、東大の研究室にいるんだろ？」

「うん、去年から移籍したよ。今は研究テーマ変えて、ヒモ理論」

　なんとこの爽やかイケメンは、科学者、それも理論物理学者である。大学こそ俺と同じだが、俺はアメリカ近代文学専攻というガチガチの文系で、コイツは理学部。知り合ったのはバイトが一緒だったからだ。

　修は卒業後も院に残って研究を続けていた。というところまでは記憶にある。その後は修士号だか博士号だかを取り、書いた論文が高い評価を受けたこともあり、今は卒業した大学とは別の大学に籍をおいているらしい。

　学問の世界はよく知らないけど、二十五歳でそこまで行くってことは、コイツはやっぱり相当優秀なんだろう。

　研究室に所属しているわけなので、普通に大学にも通っているんだろうけど、コイツなら今なお女子大生にモテモテであろうことは想像に難くない。その上、確率や数学の知識によるものなのか、それとも自作したＡＩによるものかは知らないけどデイトレードで稼いでもいる。

ずいぶん、カッコいい大人におなりあそばされたことだ。

俺はなんとなくハイボールを呷った。デュワーズのハイボールはやっぱり程よい甘みがあるよな、うん。

「そうかヒモ理論か。……なんかあれだろ。ＳＦによく出てくるヤツだよな。タイムスリップとかワームホール的な」

そんくらいは知ってる。ヒモ理論が、女の人の家に住んで働かずにお金をもらうためのテクニックじゃないことも知ってる。これも読み物の影響、あと、理系マンである修が学生時代からちょいちょい話してくれていたからだ。コイツは説明が上手いのである。

「んー。それはまあ、そういう要素もあるけど。今俺がやってるのは……」

そこから、修の研究内容のさわりだけ聞いた。ときおり質問を挟み、専門的なことを何かのたとえ話にしたり、互いに酒を飲みつつ、ざっくりとだ。

基本的に賢いからか、コイツの話はやっぱりわかりやすい。俺ですらなんとなくやっているとがわかる。ああそれはあのアニメで出てたアレか、とか答えることすらできる。

今の話は面白かったから、あとで『引継ぎ』テキストに加筆しておこう。

「うん。アキラに話すと自分のやってることが改めて確認できていいね」

そんなもんだろうか。学者の言うことはよくわからんぜ。

「で、そっちは？　小説、進んでる？」

「今六万文字ちょっと。けど、今回は文字数多くするかもしれないし、ちょっと直したいとこもあったから、実質的には完成度半分以下じゃねーかな」

今の俺は、最近どう？　という雑な質問にすら答えることはできない。俺には今日しかないからだ。修もわかっているから、こう聞いたんだろう。さすがは気配りの男。

それから俺たちはアヒージョやらピザやら、あとなんだっけアレ、生野菜をタレにディップして食うアレを頼んで飲んだ。それから不完全な近況報告や、読んだ小説の話、ここ二年で起きた社会的な事件について。ジョークを交えて、たまに笑って。

昨日の記憶がないのに、それでも俺は楽しいと感じたし、わりと盛り上がった。思うに、修の方が日々新しい経験を積んでいて、それをネタに話ができているからだと思う。

今は、まだ。

……最後の一杯、俺は変わらずハイボールを飲みながら、気になっていたことを聞いてみた。

「そーいや、お前、今彼女いんの？」

「いや、いないよ」

「……そうか」

「けど、今ちょっと気になってる人がいる。この前一回デートしたし」

修は照れくさそうに、でもちょっと得意げに笑った。

修には大学時代付き合っていた女がいた。卒業間際になかなかひどい形で振られたコイツは、しばらくメシが食えないほどに落ち込み、そんとき無理やりに鍋に誘って食わしたりもした。

さすがにいつまでもそんな風ではなく、徐々に立ち直ってはいたけど、それでもコイツはしばらく女の子とは付き合いたくない、と言ってたのを覚えている。

俺が記憶していない二年という歳月は、それを変えたのか。

「ちっ、このイケメンが。よし、じゃあ二軒目はお前奢れ」

俺は優しく微笑みそうになるのをこらえると僻み丸出しのセリフで答えてやった。どうせ行くであろう二軒目は多分バーだ。俺はそこでマッカランでも飲んでやろうと思う。

「なんで俺が奢るんだよアキラ、むしろ祝ってくれてもいいんじゃないの？」

「うるせぇ」

吐き捨てるようにそう答えて、俺たちは笑った。

俺が失ってしまった二年という歳月。亀有公園前派出所が舞台の漫画が終わってしまったことは悲しいし、元いじめられっ子ボクサーがいまだに世界チャンピオンになっていないことは残念だ。五人組の国民的アイドルグループが解散したことを嘆くご婦人は多いだろう。

でも、時が過ぎるのは悪いことばかりじゃない。

修の変化を感じた俺は、そんな風に思えた。ちょっとだけ悔しくなくもないけど。

「じゃあ一杯だけ奢るよ。……にしても、アキラは凄いな」

会計を待つ間、修はぽつりとそんな言葉を漏らした。なんだよ、いいことがあったヤツに即座にたかろうとする精神力のことか？　よせよ照れるぜ。

「なにがだよ」

「だって、なんか普通だからさ。俺がアキラと同じ状態になったら、きっとそんな風にはしてられないと思う。もちろん、アキラがあえてそうしてるってことはわかるけど」

ちょうどそのとき、伝票を持った店員がテーブルにやってきたので、この会話は中断となった。割り勘の計算をしつつ、俺は思っていた。

普通にしてる、か。まあ、そう見えるならいいことだし、修も俺が努めてそうしてるってことはわかってくれてるんだろう。けど、実際のところは。

そうでもねぇよ。

5月25日　木曜日　PM11：58

眠れない。論理的に考えれば眠るべきだということはわかっているが、どうしても眠れない。俺は、すでに一時間近くも自室のベッドの上で輾転反側していた。たまに水を飲み、トイレに行き、トイレの中で手帳を読み返し、やっぱり眠れないのでもう一度シャワーを浴びても、やっぱり眠れない。

外で降りしきっている雨音が、妙に大きく聞こえてくる。

たとえ覚えていられなくても、俺には明日の生活も、そのさきの生活もあるのだから、体力を回復するためには寝ないといけないのに。

やるべきことは済ました。『引継ぎ』を読み、日向と買い物に行き、通帳の記帳を済ませ、いくつかの新しい経験をしてそれをまとめて書き残し、書きかけの小説の続きも書いた。昨日がどうだったかは知らないけど、今日はよくやったんじゃないかと思う。

でも、眠れない。

正直に言えば、怖いのだ。

昼間は普通に過ごした。日向をからかったりもした。それはそれで楽しかった。

小説だって書いた。まるでなにかを考えてしまうことから逃げるように、集中した。

そして今、一人になって、夜が来て。

眠ったら、明日起きたら、俺は本当に今日のことをなにも覚えていないのだろうか。

自分の症状を知りながらも頑張ったことも。

日向が思ったより今どきの女子大生っぽいルックスに育っていたことも。

夕方に立ち寄ったカフェのウェイトレスさんが可愛かったことも。

夜になって降ってきた雨を悲しく思ったことも。

今こうして眠れないでいて、少しだけバーボンを飲んだことも、なにもかも。

全部忘れて、明日の朝目覚める。それは、今日の、今の俺が死ぬってことなんじゃないのか。

記憶の連続性が途切れた人間は、同じ人間として生きていると言えるのか。とてもそうは思えない。今ここにいる俺の余命は、一日だけだ。余命一日の日々が毎日繰り返されていく。

それに、こんな生活を本当に続けられるのか。今日記帳した通帳の貯金額を見る限りではまだしばらくは大丈夫なのかもしれないけど、減り続ければいつかは破綻（はたん）する。

記憶力のない人間。さっきとは別の意味で、生きていけるのか。

そして俺は、今こうして怯（おび）えていることを明日には忘れて、同じように明日も怯えるのか。

怖い。怖い怖い怖い怖い怖い。

タフでいたいと思う。逆境でも軽口を叩くハードボイルドな生きざまをカッコいいと思う。

でも。

眠れない。死にたくない。忘れたくない。

明日の俺と、繋(つな)がっていたい。

「ちくしょう……」

俺はどうせ眠れもしないベッドから這(は)い出すと、デスクに座った。そしてＰＣを立ち上げる。

記憶はなくなってしまう、なら。

6月2日　金曜日　AM10：35

何故(なぜ)だか異常に眠い中、なんとか『引継ぎ』と『書きかけの小説』を読み終えて事態を把握した。

それにしても、なんでこんなに眠いんだろう。まるで何日かよく眠れてないみたいだ。

おかげで、目覚ましが鳴っているのに三十分近く寝過ごしてしまった。午前中のうちに引継ぎと書きかけの小説を読むのが過去の俺からの指示だったため、そっちを優先すると朝メシを食いそびれてしまった。

なんで睡眠不足なのかもわからない。梅雨に入って寝苦しかったりしたのだろうか。

できれば二度寝してしまいたいが、それはやめておいた方がよさそうだ。もし、昼寝でも記憶を失ってしまうのなら、また一からやり直しとなってしまう。

そう考えた俺は、コーヒーを飲みに行くことにした。キッチンの棚にはおそらく日向と買いに行ったであろうインスタントコーヒーがあるが、淹(い)れるのも面倒だし、腹減ってるから、早めの昼メシもとりたい。

外に出た俺は海沿いの道を歩き、『引継ぎ』に書いてあったカフェ『ＢＬＵＥ』に入った。

なんでも、ブルーマウンテンナンバーワンとかいう豆が美味いんだそうだが……。

うわ、思ったよりオシャレ臭いカフェだな。オーシャンビューのテラス席に白を基調とした店内。平日昼間だからすいてるけど、これ休みの日だったら女性かカップルか、あるいは修みたいなイケメンくらいしかいないんじゃねぇの。なんで過去の俺は一人でこんな店に入ったんだろう。謎だ。

「あ！　いらっしゃいませー」

店内に入ると、ショートカットのウェイトレスさんが弾んだ声をかけてくれた。やたら笑顔が眩しい。ちょっとだけ首をかしげて、こう、きゅるん！　とした女の子らしい感じが大変素晴らしい。俺と同い年くらいだろうか。

「あ、どうも」

「お好きな席にどうぞ！」

それにしてもこのウェイトレスさん、二回目の来店の客に対してやたら愛嬌があるというか、愛想がいいな。接客にうるさい店なのかな。ってかまあ、こんだけ可愛ければこの人を目当てに来る客もいそうだし、その効果を倍増させる戦略か。マスターはかなりのヤリ手と見たぜ。

「えーっと、ブルーマウンテンナンバーワン……？　をください」

「はい。今日の『本日のコーヒー』はブラジルなので、ちょっと高いですけど、いいですか？」

「？　ああ、はい。大丈夫です」

彼女の言っていることが一瞬わからなかった。けど多分、この店には『日替わりコーヒー』があって、それがブルーマウンテンの日はお得だけど今日は違うので、あえて頼むと高いよ、っていう意味なんだろう、と納得する。

「わかりました。ふふ、コーヒー、お好きなんですねー？」

日替わりではなくあえて高い豆を頼んだから、ということだろうか。だって仕方ねぇだろ、引継ぎに書いてあったんだから。

「あー、どうなんでしょうね。多分、そうなんだろうと思います」

俺が曖昧な、しかしそうとしか表現できないことを言うと、ウェイトレスさんは一瞬だけきょとんとして、それから俺の目を見つめた。

「お客さんって、なんだかちょっと変わってますね」

ウェイトレスさんは、他に客がいなくて暇なせいか、いちいち反応してくれる。

まあ、可愛い女の子と話すのは、嫌いじゃないさ。

でもあんまりじっと見られるとモゾモゾするからやめてほしいぞ。

「あと、このミートソー……じゃなくて、ボロネーゼもください。大盛りってできます？」

ふっ。俺は知っているぜ、オシャレ民はミートソースのことをボロネーゼと呼ぶんだ。スパゲッティはパスタで、ベストはジレだ。スパゲッティーニがパスタの一種であることはこの際関係がないのだ。

とか思っていると、ウェイトレスさんは意外そうな表情を浮かべていた。なんだってんだ、俺がボロネーゼって単語を知ってるのがそんなに意外か、メニューにも書いてあんだろ。

「えっと、……なにか……？」

「あ、すいません。今日はゴハンも食べるんだー、って。かしこまりました！　じゃあコーヒーは食後にしますね。うちのパスタ、美味しいですよ」

なんだそれは。そりゃメシくらい食うぞ。俺は宇宙漂流船団に住んでて光合成ができる新人類じゃねぇんだ。このパスタ民め。

とかちょっとだけ思いつつ、俺は下がっていく彼女の後ろ姿をバレない程度に眺めた。眼福である。

……と、さて、スパゲッティがくるまで、アイディアを手帳にまとめるとするか。

かきかき。ふむ。

かきかきかき。あー、このセリフいいかも。

かきかきかきかき。げ、プロットの矛盾を見つけてしまった。直さないと。

かきかきかきかきかき。

「あのー……」

「はい？」

呼びかけられて顔を上げると、さきほどのウェイトレスさんは湯気の立つ皿を抱えて横に立っていた。

あれ、もうできたのか。早いな。っていうか。……いつの間にそこに⁉

「！　す、すいません。えっと、じゃあここに置いてください」

俺は若干焦（あせ）りつつ、ノートを片付けた。キザなセリフや人の死に方とかを書きなぐっているノートは、あまり人に見せたいものじゃない。いや嘘ついた。超見せたくない。しかも可愛い子にはなおさら、だって怪しいヤツと思われたくないし。

「あ、いえ！　私こそごめんなさい。なんだか、ふふ。すごく集中してたから、声かけちゃダメかな、って思ったんですけど、冷めちゃうといけないかなって」

「大丈夫です全然大丈夫です。ただ暇つぶししてただけなので、普段はこういうことしないんですけど、さっきボールペン買ったんで書き心地を確かめようかと思って適当に」

「？　普段は……、ですか？　てきとう……？」

「はいそうなのです」

ほらみろ。やっぱりなんか不思議そうにされたじゃねぇか。しかも今、書いてたのはセリフで、クライマックスで使おうと思ってたから『計画的な、だけど明日に繋がる自殺さ』なんて、重そうなセリフをデカく書いていた。見られたらかなり痛い。いや、小説の流れで読むと多分いい言葉なんだぜほんとだぜ。

「んー」

ウェイトレスさんは形のいい顎（あご）に細い指を当て、なにやら思案顔を見せた。

「いただきます！」

微妙に気まずくなったのを誤魔化すように、俺はミートソーススパゲッティに取り掛かった。それを見て彼女はふわっとした柔らかい笑顔を浮かべ、ごゆっくりどうぞ、と去っていった。

うーむ。これはあれだ。変なヤツに思われたかもしれん。せっかく今日はたくさんあるライダースジャケットの中でも一番高いのを着てたし、ショートブーツとデニムも俺の中ではカッコいいのを着ていたのに。

けっ、まあいいさ。あんな可愛い子だし、これから俺とどうこうなる可能性はどうせ限りなくゼロだ。俺は別に際立ってモテないわけじゃないけど、ああいうタイプに好かれたことはない。

あっちから話しかけてきたのも、多分、珍しいタイプの客が来たからなんだろうし。

そうさ。パスタ民とスパゲッティ民の間には深く暗い溝があるのだ。

とか思いつつも、俺は別のことも考えていた。新しい刺激や強い感情が記憶力の回復に繋がる、という話があって、俺は小説の中にそれが見出せるのではないかと希望を持っていたけど、他には……、例えば、恋ってヤツは、どうなんだろう。

……まあ、こんな状況でそんなことができるとは、全然思えないけどさ。

6月7日　水曜日　PM07：00

「んー。ここなー……」

PCを前にして、俺の手はしばらく止まっていた。プロットを読む限りはよかったし、これいけるんじゃねぇの過去の俺さんすげぇ！　と思った。けど実際小説本文を読んで続きを書き、後半に差し掛かってみると、どうもインパクトが弱い気がする。いや、わりと面白いとは思うけど、最高ではない。

昨日までの俺が書き繋げてきた小説『悪魔を騙す者』。

これは、『十年後に命を差し出す代償として才能と成功を与える』という契約を結んだ七人の運命が交差する物語だ。

七人は戦い、裏をかき、出し抜く。自分だけは生き延びようと、あるいは愛する者を助けようと、あるいは命など顧みず社会を変えようと、あるいは己の信念を貫こうともがく。

官僚、ミュージシャン、医者、詐欺師、高校生、大企業のＣＥＯ、プロバスケットボール選手。

それぞれの人生観を持つ彼らは悪魔のルールとそれぞれの才能に基づく頭脳戦を展開し、それぞれの生き様を見せる。

恋愛の要素や熱い展開、現代社会の風刺、物語後半に炸裂する叙述トリックによるどんでん返し、と俺の書きたい要素が全部ぶち込まれている。文体はなるべく簡素で客観的に、登場人物はタフでクールに、要するに現代的なハードボイルド小説として書いたつもりだ。

俺はこれまでミステリ、恋愛もの、時代小説と雑多なジャンルで本を出して、まあまあ程度には売れてきたが、今書いているこれが一番ハマっているように思える。

「どうする……？」

このままプロット通りに書いても、それなりに面白い作品になるとは思う。俺は今日初めてこの小説を読んだわけだが、かなり引き込まれた。書いた記憶はなくても自分の小説だから、という贔屓目があることを差し引いてもだ。

でも、これは俺のベストじゃない。けど、こんな厄介な症状を抱えていながらベストもクソもあるか。

「……いや、違うよな。こんな状態だから、こそ」

俺は俺の究極に挑まなきゃいけないんだ。

編集者の熊川さんはすでにこの企画を通してくれている、つまり書き上げればこの小説は出版され、俺には印税が入る。

けど、もしそれほど売れなければ、初版部数が適当にはけたところで終わりだ。やがて書店からは消えて、人々の記憶にも残らない。

ダメだ。これは、絶対にヒットさせる。何回も重版されて、何百万部も売れて、ドラマ化や映画化がされて、このさき何年もジャバジャバ稼げなきゃダメだ。それは、記憶力を失った俺が生活していくために、そして両親を亡くしてしまった日向がこのさき、唯一の身内である病人によって困ることがないように。

今の俺は以前にもまして遅筆だ。それは仕方がない。昨日までの引継ぎと書きかけの小説の読み込みという工程を挟まなければ続きの執筆にたどり着けないから、明日への引継ぎに時間も取られるから。

だから、俺はこれまでのようなペースでは小説を刊行できない。

ゆえに、『悪魔を騙す者』には長年にわたって稼ぎ続けられるコンテンツになってもらわなければならない。

これが、この小説を完璧にしたい『現実的で』『打算的な』方の理由。

そして、理由はもう一つある。俺はそこまで大人じゃないし、打算だけで生きているのなら、そもそも小説家になんてなってない。

途中まで書けている『悪魔を騙す者』は面白かった。面白かったんだ。

俺は俺の小説の文体が、発想が、セリフ回しが、熱さが好きだ。俺らしくて、めちゃくちゃ面白い物語を書きたい、そしてそれをたくさんの人に伝えたい。未来の俺に読ませてやりたい。

ネタバレ抜きで、自分の書いた自分好みの物語を読む。それはきっと、全世界で俺にしかできないことだ。きっと、過去の俺が引継ぎに書いてた『前向性健忘は、悪いことばかりじゃない』っていうのは、このことだと今はわかる。だから妥協はしたくない。

失ってしまう記憶の代わりに最高の物語を残したい。多くの読者に伝えたいし、未来の俺をめちゃくちゃ痺れさせてやりたいし、未来で痺れたい。

そうさ。俺はハードボイルド小説が好きだ。フィリップ・マーロウやマイク・ハマーが好きだ。俺の好きな彼らは、どんな逆境にいても、軽口を叩いて、口笛を吹いて、立ち向かっていた。強い風の中、コートの襟を立てて歩く彼らがカッコいいと思ったんだ。

だから。

「ＯＫ、アキラ。書き直しだ。プロットから練り直すぜ。ひゅー、コイツはタフな仕事になりそうだ」

誰も聞いてないのに、おどけてスカしたセリフを吐いて、口笛を吹く。曲はローリング・ストーンズのストリート・ファイティング・マン。

完成間近の小説を大幅にリテイク。強がってみたけど正直涙目だ。ハードボイルドにはなりきれない、でもやせ我慢してみせる。

バカみたいだし実際バカなんだろうけど、俺はそんな自分が嫌いじゃない。

ああああああ、でもちくしょおおおおお！

６月８日　木曜日　ＰＭ01：15

「私チャーシュー麺大盛り！」

「よく食うなお前、デブるぞ」

「お兄に言われたくないよ。いつも替え玉するくせに」

午前中の『引継ぎ』とプロットの練り直しのためのアイディア出しを終えた俺は、日向と出かけた。電車に乗って大きい本屋に行き、流行りのラインナップを確認し、知らないうちにベストヒットになっていた曲を試聴したり、そんな些細なことだ。

それにしても、ライトノベルはいつの間にあんなに異世界ものが増えたんだろう。あとナントカ坂46みたいなアイドルグループの歌もあちこちで聞こえてきたが、その一派って48じゃなかったのか、いつの間に減ったんだ。

そして今はその帰り道、日向の希望でラーメン屋に入っている。

「俺はいいんだ。筋トレとかしてるし、それに、別に太っても俺はかまわん」

「なんで私はかまうわけ？」

「モテなくなるぞ」

「ほー。モテなくなる、ってことは今はモテそうってことじゃん。いぇー！」

「……うるせぇな。日本語間違えただけだ」

「作家のくせに」

券売機の前でのしょうもないやりとりを済ませ、席に着く俺たち。それにしても日向は中身も微妙に女みてぇになってんな。女子大生様はあれか、合コン三昧してやがんのかね。

まあ、別にいいんだけどよ。変な男にひっかかるほどバカじゃねぇし、わりと要領いいしな、コイツ。

「ここのラーメン、ちょっと味変わった気がするな」

「そう？　まあお兄が覚えてるのって二年以上前だもんね。美味しくないの？」

「いや、前より旨いわ」

ずるずるとラーメンを啜る俺は、少し感動していた。この店の味は絶対変わっている。それは、厨房にいる禿げた店長が試行錯誤して改良した結果なんだろう。時の流れは、高みを目指す人間にとっては味方のようだ。

で、そんな旨いラーメンを無言で食っていると、

「あれ？　きっしー？」

俺たちのテーブルの横を通った男女混合の四人組の中の一人の女の子がそう声をかけてきた。

あん？　たしかに俺は岸本アキラという名前だけど、きっしーなんてあだ名で呼ばれたことはないぞ。あと君みたいな知り合いもいない。

いや、ほんとはわかってるよ。この場にいる岸本は俺一人じゃないからな。

「あ、気付かなかったよー」

日向が小さく手を振って女の子に答えた。そういやここは日向が通っている大学の近くだった。多分大学の同級生とかなんだろう。やー、女の子交えたグループでラーメン

か。いいねー、青春だねー。羨(うらや)ましいぜ。

　とか思っていると、日向の同級生らしき女の子は俺の方を見て小さく頭を下げ、男の方はなんだかつまらなそうな視線をむけてきた。

「きっしー、彼氏さん？　いいなー」

　女の子はワクワクした様子で日向に尋ねた。はっはっは、やっぱりあれだな。大学生って色恋沙汰(ざた)が好きみたいだな。誰と誰が付き合ってるとか、そういう話多いよな、ビバリーヒルズ青春白書かよ。ウケるぜ。俺が日向の彼氏だってよ。

　ほれ、言ってやれ日向。そう思って日向に視線をむけると、

「彼氏って……。ひひ」

　日向は妙なテンションで曖昧に笑った。おいおい、なんだそれは。ちょっと照れた感じだしてんじゃねぇよ否定しろ。

　誤解させてはいけないので、俺は間髪入れずに口を挟んだ。

「いえ、兄です。妹が世話になってます」

「ちょ、お兄……！」

「え？　お兄さん？　そうなんですか？」

　女の子は心底意外そうな表情で、俺の顔をまじまじと見つめた。

　俺と日向はそれほど似ていないが、それでも兄妹(きょうだい)である。

「あ、邪魔してごめんなさい。じゃ、私たち行きますね。きっしー、また学校でねー」

大学生グループはラーメンを食べ終わって帰るところだったらしい。

彼女たちはラーメン屋から出ていき、俺は続きを食おうとしたのだが、むかいに座っている日向が唇を尖らせ、つまらなそうにしているのが気になった。

コイツ、たまに意味わからないタイミングでむくれるんだよな。めんどくせぇ。

「どうかしたのか？　実はあの子たちと仲悪いとか？」

「違うし。仲良しだし」

「あー、わかった。お前、さっきの男のどっちかが好きなんだろ。けど気にすんなよ。あれ別に付き合ってるわけじゃねぇと思うぜ」

「そんなんじゃないよ。ばーか」

「さっさと食えよ、のびるぞ」

俺は日向にそう促しつつも、実は少しだけウェットな気持ちになって、箸が止まってしまった。

日向は大学に通って、新しい生活を送っている。こっちでの友達ができて、いろんな経験を重ねている。田舎の高校生だったコイツが、俺の彼女に見えるようになっている。その事実を突きつけられて、わかっていたはずなのに凹む。

成長した日向に比べて、俺の時間は二年前から止まったままだ。

それは修にしたって同じだ。変わっていく者と、変わらない俺。二年程度だからさほどの差を感じずにいられるけど、それはきっとこれから大きくなっていくものなんだと思う。

俺だけが取り残されて、体だけが老いていく。そんな未来が想像できてしまう。

「……お兄？　どしたの」

気が付くと、日向が心配そうに俺を見ていた。さっきまでむくれていたのに、今そんな表情を浮かべているということは、どうやら俺はけっこう長い時間、箸を持ったままボンヤリしてしまっていたらしい。

「ああ、悪い。ちょっと小説の展開考えてた」

「ダメじゃん。そーゆーの、行儀悪いよ」

考えても仕方ない。今は、店主が改良を重ねて出来上がったこの旨いラーメンに敬意を表して完食し、さらに替え玉を頼むことが大事だ。

しばらくズルズルと麺を啜っていると、日向が妙に明るい声で話しかけてきた。

「ちょっと思ったんだけどさ」

「なんだよ」

「お兄の今の状態ってさ、小説のネタになったりしないの？　実体験だと書きやすそうだし、ほら、そういう映画とかあるじゃん」

日向の言葉に俺は少し考えた。否、考えたふりをした。

「いや、それはいいわ」

「なんで？　なかなかない経験じゃん」

日向の言いたいことはわかるし、こういう話題を遠慮なく振ってくれるのは助かる。たしかに俺のような症状はレアなことだし、この症状を取り扱ったフィクションは多い。それに実体験を書くのがやりやすいのは事実だ。でも、今の俺の状態はさほど面白い話になるとは思えなかった。だから答える。

「そういうのはさ、大体、切実だったり、悲劇的だったりして、恋愛絡みの感動ストーリーだったりするだろ」

そしてタイトルは僕がなんだかんだとか、君がどうのこうのという長文になりがち。『俺』はあまり使われない、いわゆる売れ線ってやつだ。

「うん」

「個人的にはあんまりそういうの好きじゃねぇんだよな。それに今んとこ、俺の生活はそれほど劇的じゃないし」

冷静に考えて、俺は恵まれていると思う。あくまでも不幸中の幸いにしては、という意味だが。こうして普通に接してくれる日向や修がいて、それなりに生活もできていて、ラーメンを食べたり飲みに行ったりもしている俺の日常は、多分そんなに面白くない。

いや、ちょっと違う。この日常の中で動く『俺の気持ち』は、それほど面白くない。小説に限らず物語なんてものは、大なり小なり、人の心の動きを描くものだと俺は思う。そういう意味では現状維持しかできていないであろう俺の心は、きっとドラマティックじゃない。

「そういうもん？」

「そういうもん」

それで会話が終わり、俺と日向は再び無言でラーメンを啜った。

それにしても、これ、旨いな。

6月11日　日曜日　PM09：05

今日は日中結構頑張った。と、いってもプロットの練り直しが少し進んだだけ。けどもう頭が働かない。一日中家にいたこともあり、俺はやや鬱屈（うっくつ）した気持ちだった。

こういうときは飲みに行くに限る。前向性健忘？　ああ、そうだよ。でもそれのことだけ考えてずっと悲観的になってストレスためたら体に悪い。いや、記憶が維持できない俺にたまるストレスがあるのかどうかは不明だけど。

そんなわけで、俺はわざわざシャワーを浴び、髪形を整え、ライダースジャケットを羽織った。で家を出た。やっぱり、バーに行くときは少しくらいカッコつけたいのが俺である。

駅の近くの花屋、その二階が俺の行きつけのバー、『ボーディーズ』だ。

「おお、アキラ。らっしゃい」

「ども」

バーテンダーの田中さんは、俺の認識上では二年ぶりに会うはずだし、たしか三十歳になるはずだが、あまり変わっていなかった。長身で筋肉質、イケメンというよりは、どこか昭和の匂いが漂うハンサム顔だ。

店の雰囲気もあまり変わっていない。

道路を挟んだ向こう側の海が見える大きな窓と一枚板の高そうなカウンター、びっしりと並んだ酒のボトル、流れている音楽がオールディーズなのも一緒。思うに、こういうお店っていうのは常連が落ち着きやすいようにあえて雰囲気を変えないようにしているのかもしれない。

「何飲む？」

田中さんは、一応客である俺に敬語は使わない。というのは、この人は行きつけの店のバーテンダーである前に友人だからだ。

「あー、んじゃ、アイラモルトでなんか適当にください」

「はいよ。ラフロイグの十五年が入ってるぞ」

「それでお願いします」

注文を終えると、田中さんは中華包丁を取り出し、氷を削りだした。スコッチをロックで飲むときは氷が丸いと嬉しいが、中華包丁でそれができるのがいつ見ても意味がわからない。やっぱり手に職のあるプロの技術っていうのは、ある意味では魔法みたいだと思う。

「お待ち」

寿司屋かよ、と言いたくなる接客だが、俺はそんな田中さんとこの店が気に入っていた。いや、気に入って、いる。

ラフロイグに口をつけ、スモーキーで癖のある味わいにとりあえず一息。鼻に抜けていくピート香が、煙を飲んでいるかのような独特な飲み心地を与えてくれる。

田中さんは黙ってボトルを磨く作業に戻った。

『引継ぎ』によれば、この田中さんも俺の症状を知っている一人のはずなのだが、そのことについては触れてこない。まあ、俺もその方が正直ありがたいと思う。多分、俺の方から話せば聞いてくれるのだろうということがわかっているから、なおさらだ。

客の方が触れてほしくなさそうなことには触れない、この人の接客姿勢は、基本そんな感じなのだろう。

次の一口を入れつつ、俺は視線を横にやった。というのも、カウンターには俺の他に二人連れの客がいて、どっちも女の子で、しかも二人とも美人さんだったからだ。

とくに手前の方、ショートカットの子が超可愛（かわい）い。友達の話に笑っている顔が実に。

「……」

バーや居酒屋で知らない人と話すのにはさほど抵抗のない俺だが、相手が同世代の女性の場合はこちらから話しかけることはない。

うぇーい！　お姉さんたち、飲んでる～？　なになに、なんの話～？

なんて言えるほどノリがいいわけでもなければ。

マスター、そちらのお嬢さんにマティーニを。ベルモットを多めにね。

なんて言えるほどキザでもバカでもない。

とはいえ、健康的な二十三歳、じゃなかった二十五歳の男としては標準的に女好きでもある俺は、しばし二人組のお喋（しゃべ）りを聞きながら飲むことにした。

「そいえば、この前の真奈美の結婚式の二次会でさー」

「ふふ、あのとき飲みすぎだったよー？　大丈夫だった？」

「大丈夫大丈夫。ってかこのカクテル、すごい！　これレモンの皮？　超クルクルしてる！　名前なんだっけ？」

「ほんと。すごく綺麗だねぇ。一口、ちょーだい」

「いいよー。あ、それで二次会のときにいた医者の子が鼻から……、あ、私明日、歯医者行かないと」

「親知らずは早く抜いた方がいいよー」

「痛いのやだなー。最近肩こりもひどくて」

バーで横になった人の会話を細大漏らさず聞き取れるのは、俺の七つくらいある特技の一つだ。

まあ、なんだ。女性のお喋りがあっちこっちに飛ぶのはよくあることだ。元気でお喋りなA子とホンワカした感じのB子はきっと仲良しなのだろう。

けど真奈美とかいう人の結婚式の二次会でなにがあったんだよ気になるじゃねぇか。

あと、そのカクテルの名前はホーセズ・ネックだよ。親知らずは痛ぇぞ、肩こりにはサウナが一番だ。

「アキラ、次なんか飲むか？」

おっと、飲み干してしまった。

「アードベッグで」

「あいよ」

冷静に考えると、女の子のお喋りを黙って聞いているのもなかなかキモいな。ちょっと反省した俺は二人組のお喋りに集中するのをやめ、ちょこちょこ田中さんと話したり、グラスからかすかに響く氷の音を聞いたりしていた。

「あっ」

不意に横からそんな声が聞こえた。驚いたようなその声につられ、目だけむけてみる。

女の子、ショートカットのＢ子と目があってしまった。何故だか彼女は口元を押さえ、わー……と小さく声を漏らしている。っていうか小首をかしげて俺を見てる。やべぇめっちゃ可愛いなやっぱり。あきらかに俺に反応しているわけだが、友達との話に夢中になっていて、俺がここに座っているのに今気付いた、ってことだろうか？　それにしてもなんだってんだ。

「えっと……」

なんですか？　と言おうとしたのだが、それは彼女の明るい声に遮られた。

「こんばんは。偶然ですね！」

小さくペコリとお辞儀をした彼女。しかし俺の口からは反射的に、

「は？」

と出た。仕方ねぇだろ。

そんな俺の反応に、彼女はあう、と言葉を詰まらせる。俺は黙っていると怒っている

のかと間違えられることがあるような顔らしいので、悪いことをした。

「え、ええっと、その、覚えてない？　……ですよね……？」

そりゃもう、覚えてないよ。昨日の晩メシに何食ったかも覚えてないんだぜ俺は。

「すいません。記憶力が悪くて、俺」

ええ、そうなんですよ。大変なものですよ俺の記憶力の悪さは。

彼女はそんな俺の対応をうけ、顎に手を当ててなにやら思案顔を見せた。そして、

「いらっしゃいませ！」

明るく気持ちのいい接客の言葉を言った。

「……は？」

やべぇ。何言ってんだこの人、と一瞬思った俺だったが、彼女の言動を考えれば推測はできる。おそらく、この人はどこかのお店の店員なのだろう。で、俺はそこに行ったことが何回かあり、顔を覚えられている、というところだろう。そしてそれはこの二年の間のこと。あっちが覚えてるくらい会っていれば、それが仮に二年以上前だったとしても俺はこんなに可愛い子を忘れたりはしない。

「むむ……。おかわりはいかがですか！」

ちょっとムキになっていらっしゃる。これはマズイ。俺は今日読んだ『引継ぎ』の内容を思い出し、彼女の正体に迫ることにした。

「カフェ子？」

　そしてついそう口にしてしまった。最近の俺がよく行っているらしい店、『ＢＬＵＥ』とかいうカフェだそうだ。そしてその店には結構可愛いウェイトレスがいる、と書いてあった。名前は知らないので、カフェ子（仮）。俺は名前を知らない気になる女の子を適当にナントカ子と呼ぶ習性があるのだ。ちなみに大学時代には、レンタルビデオ店のビデ子ちゃんやらバーガー屋のバガ子ちゃんやらもいた。それに比べりゃカフェ子って語感は悪くない気もする。でも本人の前で口走ってしまったのは初めてだ。酒が入っていた上に不意打ちだったので、つい。

「そうです。カフェの――……、って、あはは。カフェ子ってなんですかー！　もー」

「すいません」

　カフェ子はいい人だった。俺の失言を受け、コロコロと笑っている。なんだか嬉しそうだ。

　なんつーかこう、えくぼがいいっすね。こう、ちょっと幸せな気持ちになりそうだ。

「なになに？　知り合いなの？」

　Ａ子が話に入ってきた。うん、俺は知らないけど知り合いみたいだよ。

「うん。うちの店によく来てくれるお客さんなんだよ」

「おお、アキラ、ナンパか？」

田中さんが冷やかす。なんかニヤニヤしてやがる。いや、ちげぇし、実際ナンパできるもんならしたかったけどちげぇし。俺はアンタと違って特定のタイプの女性にしかウケねぇんだよ。

「アキラさんって言うんですね」

「はい。そうです」

「ちなみに私はカフェ子って名前ではありません」

いや、そんな『エッヘン！』みたいな感じで胸を張られてもな。

「でしょうね……」

もしそうだったら親の顔が見てみてぇよ。つーか俺、もう少し気の利いた返しができねぇもんかね。

俺が受け答えに戸惑っていると、彼女はカウンターの方に体を傾け、横に座っている俺を斜めに見上げて微笑んだ。

「翼、です」

はい。家に帰ったら書いておきます。

６月13日　火曜日　ＰＭ03：00

よし。ひとまずはここまでだ。

早朝に『引継ぎ』を読んで、それから小説の続きを書いていた俺は、目の周りをマッサージしつつＰＣを閉じた。

なんでかわからないけど今日は筋肉痛もあるので、休憩を取ろう。

そう決めると、無性にコーヒーが飲みたくなった。

あれ、なんでだろう。俺は酒は大好きだが、コーヒーはそこまででもない。いや別に飲めないわけではないけど、美味いとも不味いとも思ったことがない。ただ、コーヒーの味だな、ということだけがわかり、カフェインを摂取した感覚があるだけだ。もしかしたら、俺は自分で思っているより疲れていて、体がカフェインを欲しているのだろうか。

まあいい。ただ、外出するのは面倒くさい。

そこで俺は日向とともに買い置きしたのであろうインスタントコーヒーを淹れることにした。

袋を破ってマグカップにざーっと、お湯を沸かしてそこにどぼーっと。はい終わり。

はるか昔から人類に嗜まれていて、長い歴史や深い文化を持つ飲料がわずか数分で飲めるとは、文明の進歩ってありがたいね。

「……まじぃ」

テーブルに置き、一口啜ってみると感想が漏れた。あれ、マズイぞこれ。なんか舌にザラザラするし、妙に酸っぱいし。

そりゃインスタントだし、粉の分量やお湯の注ぎ方も適当だけど、それにしてもマズイ。

いや、これがコーヒーの味だということはわかるんだけど、にしてもマズイ。おかしいな、こんなにマズかったか、コーヒーってヤツは。

しょうがないので、俺はマグカップに氷をぶち込み、薄いアイスコーヒーに変えて一気飲みした。まあ、カフェインの摂取という意味なら別に問題ねーだろ。

しかし本当はホットコーヒーを時間かけて飲むことで一休みするつもりだったので、一瞬で休憩が終わるのはむなしい。でもすぐに原稿に戻りたくはない。

「んあー……」

俺は床にゴロンと横になった。ベッドにしなかったのは、それだとマジ寝してしまいそうだったからだ。

「のあーん……」

なんかだるい。カフェインが効いてくるまでゴロゴロしてよう。とか思って転がっていると、ベッドの下に光るものを見つけた。

「……ピアス？」

それはピンクゴールドのピアスだった。あきらかに女性物だ。

「……？」

なんでこんなもんがウチにあるんだろう。俺はベッドの下なんて一度も掃除したことがないので、気付かなかったけど、いったいいつからあるんだこれ。この部屋に女が来たことは……まあ、あったけど、それは二年以上前の話だ。

では前向性健忘を患ってからあとの話か？　いや、それはない。ピアスを外しているということは、多分その主はここで寝たということだろう。

いくらなんでも、女性が泊まるという大事件を俺が引継ぎに残していないはずがない。

俺はピアスを片手にしばし思案したが、とある可能性に気が付き、スマホを取り出した。

メッセージを送る相手は妹の日向だ。

〈お前って今、耳に穴あけてたっけ？〉

冷静に考えたら、これは日向のものであるという線が妥当だ。俺が退院した最初のころは泊まってくれたりもしていたようだし、毎週木曜にはやってきて、たまに原稿書いてる俺を尻目（しりめ）に昼寝したりもしているってことだし。

あるいは、俺の前にここに住んでいた人のものという可能性もある。

日向からの返信はすぐに来た。お前、講義中じゃねぇのかよ真面目（まじめ）に聞けよ。と少し思った。

〈耳に穴？　当たり前じゃん、開いてないと音聞こえないし〉

〈ちげーよ。ピアスしてるかって意味だよ。わかれ〉

今度は少し間が空いて返信が来た。

〈あー、そゆこと。うん。してるけど、なんで？〉

〈次来たとき、物置の奥にある小物入れの中確認しろ、一番上な〉

ちなみに、物置、というのは便宜上の呼び方である。俺のアパートは2LDKなのだが、そのうち一部屋はほとんど使っておらず、シーズンオフの服を放り込んであったり、使ってない家具や荷物を置きっぱなしにしているのだ。ピアスはそこの小物入れに入れておくことにしよう。

〈なにそれ？　なんかあんの？〉

俺はそのメッセージには返信しなかった。講義は真面目に聞いた方がいいのだ。

それにしても、日向がピアスねぇ……。俺は女のピアスは嫌いではない。いや好きだ。なんか可憐（かれん）というか、せくしーな感じもするからな。

でも日向がなぁ。ハタチなんだから別におかしくねぇけど……。

俺も二十五になるみたいだし、髪切ったり、ちょっといいスーツ買ったりしようかね。

6月17日　土曜日　PM02：23

今朝、『引継ぎ』にも載っているカレンダーを確認して判明した事実がある。今日は、サボってもいい日らしい。要するに小説のことを考えなくてもいい、ということだ。

俺はもともと二週間に四日は『小説を書かない日』を設定していた。サラリーマンや公務員のように、休日を作る意図である。それは厄介な記憶障害と付き合うようになってからも変わらない習慣らしく、カレンダーには『仕事した』を意味する◯が付く日の群れの中に、ときどき空欄があった。

で、それによれば俺はここ二週間ぶっ続けで書いている。多分、自分の状態が気になって、書きかけの小説を読んで、そのまま義務感やら執筆欲求やら焦燥感やらに駆られての結果なんだろう。結果、取るべき休みを取っておらず、二週間が過ぎようとしていた。

どうしたもんだろう、と少し考えた。

休みの日を作るようにしていたのは、疲れないようにするためや、オンとオフの区別をつけるためだった。作家なんていう仕事をしているとその辺が曖昧になって、メリハリがなくなってしまうんじゃないかと思ったからだ。

けど、今は昨日のことを覚えていない。だったら別に休む必要ないんじゃないか、とも思わなくもない。

けど、書き続けたことで知らずに疲れがたまっているのかもしれないので、リズムを崩さない上でも休みを取るべきかもしれない。

よし決めた。俺は、休む。

考えてみれば、当たり前の結論だった。このカレンダーは過去の俺たちが休んでいたことを表している。彼らも昨日の記憶がない状態で休むことを決めた証だ。それと同様の状態にある俺が、違う結論を出すはずがないではないか。

休みたいし、遊びたいんじゃ俺は。

ということで、俺は修に連絡し、落ち合うことにした。

「そろそろ休みかな、って思ってたよ」

「そうか。それにしてもお前、暇なのか？　土曜にいきなり連絡しても空いてるとは」

「たまたまだってば」

会話をしつつ、俺たちがやっているのはキャッチボールである。集合したのはバッティングセンターなのだが、ここは少し変わっていて、キャッチボール専用のスペースがあるのだ。しかも空いていることが多く、今日も俺たち二人しかいない。

「この前俺に話してたらしい、いい感じの人とはどーなったんだよ？」

ボールをキャッチし、投げる。

「まあね。その話はあとでしょう。どうせ飲むでしょ」

キャッチされたボールが投げ返される。

「オフコース」

パフ、シュパッ。

益体(やくたい)もないことを話しながら続く軟球のやりとり。

いい年してキャッチボール？　と思う人もいるかもしれないけど、これは意外と楽しかったりする。適度に体も動かせるし、工夫すればエンターテインメント性もある。それに草野球と違って人数を集めなくてもいい。

二人でできるスポーツとしては、卓球とかバスケの１ＯＮ１とかバドミントンでもいいけど、勝負事だとちょっとムキになって疲れてしまうので、ごくたまにやるくらいで十分なのだ。あと、俺と修では得意なスポーツやゲームが違うので、わりとワンサイドゲームになりやすい。だから楽しむ目的で体を動かす場合、勝敗がないキャッチボールが最適なのだ。

ちなみに、俺の方が強いのは卓球、ダーツ、ビリヤード、当たり前だけどボクシングもか。

修の方が上手いのはバスケ、バレー、スノボ、テニスあたり。

全体的に爽やかよりなスポーツが上手いのは流石修だと思うね。

そんなわけで俺たちは大学時代も、卒業してからも、ちょくちょくキャッチボールで遊んでいた。これからすぐにオッサン化していくのだろうし、運動不足の解消にもよさそうだしな。

「アキラ選手、打ったー。入るか、入るか……!?」

不意に叫んでボールを投げる。バットは使ってない、たんに山なりのボールを投げただけ。

「伸びがありませんねー。センター、余裕を見せてキャッチ。三者凡退です」

修はグローブを後ろに回し、背中越しにキャッチした。

「バックホーム行くよー、アキラー」

「おお」

続いて修が低めの速い球を投げてくる。三者凡退にしたはずなのになんでバックホームなのかとかそういうのは気にしたらいけない。で、俺はしゃがんでキャッチして、透明ランナーくんにタッチする。

ちなみに、俺も修も別に野球に詳しいわけではなく、部活でやっていたこともない。雰囲気だ。他にも、「オーゥッ！　ワチャアメージング！　ＨＡＨＡＨＡ！」みたいにメジャーリーグの実況の人っぽい適当な英語で騒ぐ、漫画の魔球に挑戦してみる、とにかく高速でキャッチボールしてみる、山手線ゲームをやりつつ連続回数更新に挑戦するなどのバリエーションがある。くだらないんだけど、わりと楽しい。

と、ここで気になったことを聞いてみる。

「なあ、この二年で何回くらいキャッチボールした？」

「さあ？　多分二か月に一回くらいはしてるんじゃないかな」

「結構やってんな。っていうか、前向性健忘前とあんまり変わらなくねぇか」

「そうだね。キャッチボールしたくなる周期みたいなのが無意識下にあるんじゃない？」

俺と修は再び緩く球を投げあいながらそんな会話をした。

なるほど。記憶はなくても、習慣はある程度続くのかもしれない。今日休みを取ったことだって結果的にはそうだったわけだし。

俺は今でも、基本は小説書いて、飲みに行って、少しは体も鍛えて、適当に遊んで、修とも会っているのだろうか。それなら、二年前とさほど変わらない。

と、思ったことを『引継ぎ』に書いておくとするか。そうだな、家に帰るころには忘れてそうだから、すぐトイレで手帳に書いとこう。

「このあとどうする？」

「まずサウナだろ。で、飲みに行こうぜ」

「変わらないな、アキラは」

「そりゃそうだろ」

そう。そりゃ、そうだ。

6月18日　日曜日　AM06：00

目覚ましのアラームが鳴ってる。

うるせぇ。今何時だってんだよ。俺は気持ちがわりぃんだ。あー、やべぇ、これ完全に二日酔いだ。

っていうか、俺、昨日どうやって帰ってきたっけ。そもそも飲みに行ったんだっけ？

昨日なにしてたんだっけ。わからん。そんなに飲んだんだろうか……。

いや、これ飲んでるな。あー、ダメだ考えるのもキツイ。仕方ねぇ、とりあえず水飲んで、二度寝だ。いや、これ下手したら一日グロッキーもありえるな。二日酔いどころか、まだ酔っているような気がする。

寝よう。で、寝よう。明日にはさすがに治ってるだろうし、今日はもういいだろ。

6月21日　水曜日　PM09：08

「ども」

俺が田中さんのバー『ボーディーズ』の扉を開けると、いつものように田中さんは、おお、とだけ言った。ただ、いつもと違うのはカウンター席に座っている一人客の女性が俺に気付いて小さくヒラヒラと手を振ってきたことだ。

「アキラくんだ。やっほぉ」

アキラ、くん？　誰だこの人。

俺は彼女の外見的特徴を一瞬だけ観察した。

ピンクブラウンのショートカット、色白、同年代または年下の美人、白のショートパンツに羽織ったデニムシャツ。……おそらくは。

と、ここで俺は田中さんが両手をパタパタとさせ、羽をはばたかせるようなそぶりをしたことにも気付き、口に出す。

「どうも。翼、さん」

ちょっと心配だったが、彼女は訝しげな顔はしなかった。ふう、緊張したぜ。

「アキラ、ここ座れよ。他に客いねーし、近い方が楽だからな」

田中さんはそう言って、翼さんの隣の席に手をむけた。可愛い子の隣に座らせてやろうという配慮なのか、それとも本当に接客上の労力コストの節約なのかはわからない。これが他の店なら勘弁してくれよ、と思うかもしれない。隣に座る女が嫌がるかもしれないからだ。けど、田中さんはわりとできるバーテンダーなので、翼さんが嫌がるような提案はしないだろうと思われた。

「ここ、いいですか？」

一応は聞いてみるほどには大人ではある俺。

「どぞどぞ」

特に嫌な顔を見せない翼さん。嫌われているわけではなさそうだった。

「アキラ、何飲む？」

「ラフロイグ」

「あいよ」

　今日の店内ＢＧＭもオールディーズロックで、今はさっき田中さんがセットしたビーチ・ボーイズの『素敵じゃないか』が流れていた。俺はそれを聴きつつ、注がれた酒をちびちびと飲む。

「アキラくんって、前もそれ飲んでなかったっけ」

　隣に座ったのだから、なにか話した方がいいのだろうか、と思っていた俺だったが、予想に反して翼さんの方から声をかけてきた。なにやら興味深そうに俺のグラスを見つめている。

　それにしても、俺と彼女はわりと普通に、敬語を使わずに話す仲らしい。

『引継ぎ』によれば、彼女はよく行くカフェの店員とのことだが、それとは別にすでにこの店で三回会っているらしい。最初の一回は彼女は友達と来ていて、そのあとの二回は一人で来ていたそうだ。

　店員と客であればもう少し距離があってもいいような気がするけど、数回カウンターで話すうちにそこそこ親しくなっている、ということかもしれない。同世代だし、プライベートだから、ということだろうか。あるいは単に彼女が見た目通りに人懐っこいタイプだからかもしれない。

「まあ、好きなもんでね」

俺はちょっと躊躇(ためら)いながらも無理してフランクに答えてみた。前回の俺が普通に話していたのにまた距離を取るのは不自然だと思ったからだ。まあ、酒の席のことだしな。

「そっかぁ。あ、じゃあ田中さん、私も同じヤツくださいなー」

フルーツ系のカクテルと思(おぼ)しき一杯目を飲み干した翼さんは小学生が授業中にするように元気よく手をあげてオーダーをした。が、俺はそれを止める。

「やめといた方がいいと思うけど」

「え？　なんで？」

「不味(まず)いから」

「⁇　じゃあなんで飲んでるの？」

「俺は旨(うま)いんだよ。けど、女性に薦めて同意を得たことは一度もない」

「そう言われると逆に気になるのだ」

「……まあ、好きにしたら」

そこまで言うならどうぞご自由に。ロックやストレートで飲むラフロイグは強い酒なので、これが二十歳になったばかりの女の人だったら止めるけど、彼女は二十三歳とのことなので、まあいいんじゃねぇの。

しばらくして、田中さんが苦笑しながら注いだ二杯目のラフロイグ、しかもストレートを翼さんの前に置いた。

「おまち」

「どれどれー……」

翼さんは注がれたラフロイグのストレートを一口含むと、大きな目を瞑って唇をぎゅっと閉じた。

「……～～！　変な味がする。正露丸みたい」

だから言ったのに、と思った俺だったが、苦そうに顔を歪めて涙目になっている彼女が微笑ましかったので、なんとなく黙っていた。そしてばれないようにちょっと笑ってもいた。

「苦いよう……」

じゃあそれは俺がもらうし払うぜ、別のをオーダーしたら？　と言う予定だったが、彼女の『うへぇ』という顔が予想よりも面白い。頑張って全部飲むつもりみたいだし、もう少しだけ放置しよう。

するとて田中さんの方が助け舟を出してきた。さすがハンサム。

「ははは。じゃあ翼ちゃん、それソーダ入れてハイボールにしてあげるよ。飲みやすくなるし、ラフロイグはハイボールでも旨いよ。な？　アキラ」

「え、ああ、そうっすね」

シングルモルトをソーダ割にするなんて邪道だ、と言う人もいるけど俺はそうは思わない。酒なんてもんは好きなように飲めばいいし、ラフロイグのスモーキーさは炭酸との相性もいい。

「ほんとですか！　お願いします！」

翼さんはパッと顔を明るくした。くるくるとよく表情の変わる人だ。

田中さんは彼女のオーダーを受けるとグラスを替えて氷を入れ、ソーダを注いでそこにカットライムを加えた。非常に旨そう。

「美味しいです！　匂いは一緒なのに不思議ですねぇ……って、アキラくん」

今度は目を輝かせて喜んでいる翼さんがあまりにも自然体なので、俺も不思議と気安い態度で答えた。

「なんだよ」

「さっき笑ってたでしょ」

「顔が面白かったもんで」

「ひどい」

「もう一杯奢るから、今度は動画で撮影して自分で見てみれば」

「むぅ……」

むぅ、ってなんだよ。と思って俺はまた笑った。なかなか愉快な人だ。

それからなんだかんだと田中さんも含めて飲みながら話したあと、ふいに彼女はこう聞いてきた。

「そいえば、アキラくんっていつもうちの店でなにか書いてるよね。あれってなにしてるの？」

げ。

「やー、実は前から気になってたんだー」

うーむ。甘いコーヒーの匂いがする。

翼さんは少し酔ったのか、ぐいっと俺に近づいてきた。

とか、一瞬戸惑ったけど、それ以上に俺は過去の自分に文句を言いたい気持ちになった。同じ店で何回もプロット書いたりしてんじゃねぇだろうなお前ら。『引継ぎ』にはコーヒー飲みに行った、としか書いてなかったぞ。外で小説書いてると変に思われたりするから極力控えて、同じとこではやんないようにしてただろうがよ。カフェでＰＣとか手帳開いて毎回なんかやってると意識高そうで恥ずかしいだろうがよ。いや自意識過剰なのはわかってるけど控えてただろうがよ。

ちょっとくらいいいか、とか思って作業して、それを書き残してないから忘れ、またちょっとくらいいいかな、と続けてやがったんだな。

フ〇ック・ユ……ミー？

「……？　アキラくん？」

「あー、いや。あれは……。なんていうか……」

「あ、もし言いたくなかったらいいけど」

「そういうわけではないんだけどさ」

俺は別に自分が作家であり、小説を書いていることを恥ずかしいとは思っていない。書き始めた当初は恥ずかしかったけど、もう慣れた。これでも何冊も本を出していて、一応はファンもいるプロだ。とはいえ、人にはどう説明したらいいのかわからない。

小説書いてんだよね、とか言うと、まずは『へぇ、趣味で？』『プロ目指してんの？』と言われることが多い。そして言外には、無理に決まってんだろ夢見がちだな、オタクなの？　という内心が感じられたりもする。

プロだ、と言うと、まずは信じてもらえないことが多い。妄想かよ、と思われたりもする。

かといって、どこどこの出版社からなになにという本を出していて、それは全国の書店で好評発売中だ！　とか言うと必死な感じがするし、なんか自慢してるようにとられそうでそれも嫌だ。作家なんて、結構たくさんいるというのに。

他にも、印税どうなの、とか、じゃあ金持ちなんだね、とか言われたりもする。あれ意味わからんよな。印税どうなのとか発行部数どのくらいってのは『年収いくら？』って聞くのと同じ意味だぞ。お前他人にいきなりそれ聞くのかよ。あと一部のベストセラー作家でもなければそんなに金持ちじゃねぇっての。

脱線。要するに、俺は作家であることに一応誇りを持っているが、それを知らない人に話すのは苦手なのだ。誰だって興味半分で自分のことをほじくられたくはないと思う。

「書いてたのはー……」

あー。もういいや。どうせ明日には覚えてないし、翼さんは俺とはあまりかかわりのない人だ。都合が悪くなりゃ『引継ぎ』に残さなきゃいいだけのことだし。

「……小説。小説、書いてたんだよ」

四杯目となるラフロイグを呷った俺は、ぼそりとそう答えた。そして、横目でちらりと翼さんの反応を窺う。

彼女は、両手をぱん！　と合わせて顔を輝かせた。

「あー！　そうだったんだ！　なるほどなるほど」

「なるほど？」

「だからあんなに真剣な顔、してたんだね」

翼さんは、腕を組み、うんうんと頷いている。なんというか、予想外に『普通』の反応だ。『普通』だけど、あまりこういう反応をされたことはなかったような気がする。

「そんな顔してた？」

「すごいしてたよー。アキラくんは、小説書くのが好きなんだね」

「あー、まあ……ふっ、そうかもな」

俺はなんだか照れくさくなって、確実なはずの答えをあえてぼかして斜に構えてみた。

しかし、翼さんはそんな俺とは対照的に、まっすぐに俺を見て意地悪そうにくすっと笑った。

「恥ずかしがらなくてもいいのに」

「恥ずかしがってないですけど？」

俺が嘘（うそ）をつくと翼さんはさっきより大きく、今度はにっこりと柔らかく笑って言った。

「私はいいと思うな。そーゆーのって」

その言葉は、とても自然で。

ああ、別に変にムキにならずに言ってもよかったなこの人には。そんな風に思えたし、俺の中にある柔らかい部分が疼（うず）いたような気がした。なんだか、不思議な人だ。

さらに、田中さんによって、俺がプロ作家であることは彼女に知らされ、さらに店内の本棚で『カクテルレシピブック』や『シングルモルトウィスキー図鑑』と並べて置かれている俺のデビュー作まで紹介されることになった。

でも、俺はそれを嫌だとは感じなかった。

あと一杯だけ飲んだら帰るとしよう。で、『引継ぎ』には今夜のことをいつもより少し詳しく書いて、未来の俺には一つ依頼を残すことにする。

俺は翼さんのことをほとんど知らない。次に会うことがあれば、彼女自身のことをもう少し聞いてみよう。

6月24日　土曜日　PM09：17

「先輩たちも早く結婚してくださいよ！　こっちに来てほしいっす！」

大学時代の俺と修の共通のバイトの後輩、健一（けんいち）は酔った様子で俺と修の間に入り、肩を組んできた。相変わらず暑苦しいマッチョだ。

健一が言いたいのは、俺も修もそれぞれさっさと女の子を捕まえて、あるいは女の子に捕まえられて結婚しろ、ってことだ。聞いたことがあるが、若くして結婚した男は何故（なぜ）か周りにも結婚を勧めがちってのは本当だったようだ。既婚者の仲間がほしかったりするのだろうか。

そんな要望に対し、貸し切りになっているライブハウスの一角に座る俺と修はそれぞれに答えた。

「うるせぇな、ほっとけ」

「はは、まあ、相手次第だよね」

雑にあしらう俺と上手くかわす修。健一はそんな俺たちにまだ何か言いたそうだったが、別のテーブルから呼ばれたのでそちらにむかっていった。目で追ってみると、職場の先輩らしき一団の席に座り、ビールを注がれていた。さすがに本日の主役は色々と忙しいらしい。

「ケンちゃん、なんだかんだで幸せそうだね」

修は『久しぶりに会った知人の披露宴の二次会』にふさわしい、祝福ムード溢れるセリフを述べる。

「なんだかんだ？　ああ、そうか。できちゃったと勘違いしちゃった婚、なんだっけ。引継ぎに書いてあったな」

今日は、健一の結婚式の日だった。あいつに彼女ができちゃったことすら覚えていなかった俺だが、どういう経緯で今日という日が訪れたのかは読んでいる。

できちゃったみたい……、という彼女の言葉に焦った健一は翌日プロポーズからの入籍。しかし実は遅れていただけだった、という出来の悪いジョークのようなエピソードだ。普通病院行って確認するだろって話だが、健一らしいといえば健一らしい。コイツは基本バカなのだが、それ以上にまっすぐで気のいい愛すべき熱血漢だ。バカだけど。

そういえば、学生時代の俺たちのバイト先だったスペインバルは『スタッフがクールなイケメンぞろい』という噂があったけど、あれはどう考えても嘘だ。このバカや俺が採用されていたのだから。

「ねぇねぇ、今聞いてたけど、二人は独身なの？」

「彼女もいないの？　ガチで？」

ふと、むかいに座っていた女性二人が質問してきた。ちなみにさっき初めて会った人たちで、健一の結婚相手の友人とのことだ。披露宴の二次会というのは、ままこういう出会いがあるもので、俺たちはさきほどからこの人たちとあたりさわりのない会話をしている。

俺と修は彼女たちの質問を受けて互いにアイコンタクトをかわし、俺が答えた。

「結婚できるほど甲斐性がないもんで」

「カイショー？」

「モテないんすよ。俺たち」

「うそー」

嘘ってなんだよ。お前は俺の何を知っているというんだ、と、突っ込みたくもなるが、初対面の女性なのでそこは遠慮しておく。実際、モテないというのは嘘だ。俺は少しは本当だが……少なくとも修は確実に嘘だ。パーティスーツに身を包んだ修はモデルといっても疑われないほどだと思う。ちなみに、俺は久しぶりにタイを締めて首が苦しい。

「仕事は？　なにやってる人ー？」

　なかなかフレンドリーというか、フランクな人だな、と思う。もうタメグチである。別に嫌ではないが、俺の方はあえて敬語を続けることにした。

「仕事はー、あー、なんというか、自営業です」

「僕はえっと、研究職かな？」

　俺と修は微妙な答え方をした。別に嘘ではないが、全部言ってるわけでもない。

「そうなんだー、すごーい！」

　なにがだよ。

「ねぇねぇ、二人とも彼女いないんだったらさー、今度別に飲み会とかしないー？　ライン交換しよーよ。っていうかこのあと四人でどっか行ってもいいし」

　右に座っている方の女性がそんな提案をしてきた。新婚の二人にあてられた直後である結婚披露宴の二次会は、もっとも成功率が高い合コンだ、なんて話を聞いたことがあるが、これもそのたぐいだろうか。

　ドレスアップした彼女たちは綺麗(きれい)だし、明るくて話しやすいとも思う。飲み会をすれば、そのあとヨコシマで楽しいことに発展する可能性もあるだろう。そして俺たちはフリーの若い男性だ。

　普通なら、はい喜んでー、と答えそうな場面だが俺は即答を控えて誤魔化した。

「あー……。ってか二人とも飲み物ないですね。俺、取ってきますんでちょっと待っててください」

「やさしー！　私シャンディガフね」

「あたしはー、レゲエパンチー」

　と、いうわけで俺はガフ子ちゃんとレゲ美ちゃんのために立ち上がった。すると修もついてきた。なので、二人でバーカウンターの列に並ぶ。

「一人で大丈夫だぜ？　カクテル二杯の名前くらいは多分覚えてられるさ」

　俺が自虐的なジョークを言うと修は苦笑してみせた。

「俺もアキラと同じさ。逃避だよ」

「逃避？　なんで逃げる必要があんだよ」

　俺が彼女たちと距離を取ろうとしたのは、脳ミソにやっかいな障害を抱えているからだ。もしあのどちらかと一夜を過ごそうもんなら、翌朝の俺はきっとパニックになるし、相手にも負担をかけてしまうだろう。そこまで考えるのは飛躍しすぎかもしれないが、男女の関係が進めばいずれはそういうこともありえるだろう。それなら、今の俺は軽い気持ちで女性と親しくなるわけにはいかない。

　でも修にはそんな事情はないし、基本的に社交的で女性には優しいヤツだ。軽いわけではないので手を出したりはしないだろうけど、飲み会くらいフレンドリーに受ける方だと思っていた。

「前に話したちょっと気になってる子がさ」

「ああ、読んだ。いい感じなんだっけか」

「うん。それで、もうすぐ付き合うことになると思う。だから、他の子と仲良くなるのはどうかな、って思ってさ。あの子たちにも悪いし」

ああ、やっぱりコイツらしいな、と俺は頷き、でも皮肉っぽく返した。

「さすが爽やか修クンですよ。そりゃ誠実なことで」

俺の記憶にある修には、恋人はいない。でもそれは、もうすぐ終わる『状態』らしい。

そんなことを話していると列が進んだので、俺は四人分のドリンクを頼んだ。バーテンダーがカクテルを作るまで数分、というところだろう。

「んじゃこのあとどうする？　二人で少し飲むか？」

「ごめん。今日は二次会で帰るよ。昨日あんまり寝てないからちょっと辛くて」

「珍しいな」

「今度、カリフォルニア工科大学の人と共同研究することになってさ、夜遅くまでスカイプで話してたんだよ。向こうは実績ある人だから時差は俺の方でカバーする感じ」

さらっと凄いこと言いやがったなコイツ。俺は一瞬、ポカンとした顔になってイケメンの横顔を見つめてしまった。それが少し恥ずかしくて、軽口を叩いてみる。

「……もしかしてアレか？　ネットニュースとかにイケメン物理学者、ノーベル賞を受賞！　とか載っちゃう日も近いのか？　ひゅー」

　そんな俺の言葉に、修はどうだろうね、と嘯き、それから真顔で答えた。

「アキラが本屋大賞受賞して五百万部くらい売れるのと同じくらいの確率かな？」

「それは」

　ゼロみたいなもんだろ、と言いそうになり、でもなんとか止めた。それは、俺が修にむけて口にしていい言葉じゃない。修が本気で言ってるってことがわかっているからだ。

　コイツは昔、物理の世界を一歩進ませてみせると言った。そのとき俺は、じゃあ俺は文豪と呼ばれるハードボイルド作家になってやるぜ、なんて答えて、半分冗談で誓いあった。

　それぞれの厳しい世界を何も知らない夢見がちな大学生が、青臭い夢をふざけて語っただけ。叶うあてもなく、どうすれば近づけるのかさえわからない無責任で無邪気な話。

　半分は冗談。

　残りの半分はなんだったのか？

　俺たちはそれを口に出すには少し年を取ってしまったけど、それでも忘れないでいたい。きっと修もそれは同じで、俺がこんな状態になってしまった今でも、変わらないでいてくれている。そう気付いた俺は、一瞬だけ泣きそうになってしまった。もちろん泣かないけど。

「お待たせしました。えーっと、シャンディガフ、バーボンソーダ、レゲエパンチ、スプリッツァーでよろしかったでしょうか！」

やっと四人分のカクテルが出来上がり、俺たちは二杯ずつそれを受け取った。

「んじゃ戻るか。もう少しあの子たちと話したら健一に絡んでから帰ろうぜ」

「そうだね。行こう」

席に戻る短い間に、俺はいろんなことを考えていた。

修のことは、まああえて口に出すようなことじゃないけど、親友ってヤツだと思ってる。

だけど、いや、だから、コイツには負けたくない。対等でいたいと思うから。コイツの親友として恥ずかしくない男でいたいから。青臭い冗談半分をずっと大事にしたいから。

だから、怖い。

どんどんさきに進んでいく修が、引き離されてしまいそうな未来が。

修に恋人ができることや、学者として成功していくことは嬉しい。ホントだ。

だけど。

ふと、今日の主役、新郎の健一がビールを一気飲みさせられているところが見えた。

やっぱり幸せそうだ。

今日は健一だけど、きっとこういうことはこれから増えていくんだ。結婚したり、出世したり。一方、俺は女性からの飲み会の誘いにすら躊躇する始末。

しょぼくれた中年になった俺が訪ねていくと、妻子持ちの教授になった修が出てくる。立派で貫禄があり、髭の似合うダンディになっている。そんな映像が脳裏に浮かんだ。

キツイ。

「……お前さぁ、有名な教授とかになっても、髭は生やすなよ」

ふと、そんなことを呟いてみる。

「はは、なにそれ？　なんだか知らないけど、了解」

修は、変わらない、いや、気付けないほどわずかだけど、きっとあのころからは少し変わった笑顔で答えた。

6月27日　火曜日　PM02：05

平日昼間の河川敷を走っている人は少なかった。具体的に言うと、俺以外には一人もいない。

今日は過去の自分が書いた小説を読む気にはどうしてもなれなかった。しかし昼寝をするわけにもいかず、本を読んだり映画を観（み）たりする気分にもなれなかった。どんよりと曇っている空は、まるで俺の心情にリンクしているみたいだ。

いや逆か。このどんよりとした天候の方が俺の精神に影響を与えているのかもしれない。あとは近所でやかましくがなり立てていた選挙カー、あるいは急にフリーズしてしまったPCも関係あるかもしれない。だって、覚えてないし読んでないけど、昨日や一昨日の俺は、一応小説を書いていたみたいだし。今日の俺が昨日までと違う行動をとっているのは、なにかの影響を受けた結果なのだろう。

「ふっ、ふっ、ふっ」

呼吸を整えて、走る、走る、走る。暑くなったのでジャージの上を脱いで腰に巻き、一度全力疾走、それからまたペースを落として走る。

立ち止まっては一人でシャドーボクシングなんかもやってみる。

「シッ、シッ、シッ!!」

ジャブ、ストレート、フックのダブル、アッパーカット。

拳（こぶし）を連続して繰り出し、筋肉に負荷をかける。

前向性健忘とやらのせいで俺にはここ二年の記憶がないが、思ったより動きに衰えは感じられなかった。大学でボクシングをやっていたときよりは劣るかもしれないけど、選手を引退して一年後からは変わっていないようだ。

どうやら、俺は昨日のことを覚えていられなくなってからも、時々はトレーニングをしていたみたいだ。

元々、強いとカッコいいからな！　とかいうごく中二的な理由で始めたボクシングだったし、俺は別にたいした選手でもなかった。

夜道で暴漢に襲われている女の子を華麗に助ける妄想や、ストイックにサンドバッグを叩く姿がハードボイルドだぜ、とかいう陶酔で悦に入っていたなんちゃってボクサーだった俺が、今もトレーニングを続けている。

……そうだろうな、と思う。

今日の俺がやっているのだから過去の俺もやったはず、というだけではない。俺が今やっているトレーニングは、一種の現実逃避だとわかっていた。

シャドウボクシングをやめて腕立て伏せに切り替える。

「いち……に……さん……」

時間をかけて腕を縮めて、伸ばす。腕に乳酸がたまっていきプルプルと震えだす。キツイ、疲れる。だから、それ以外のことが考えられない。考えないで済む。

でもそれにも限界がある。

「……一〇〇……！　あー……、ふう」

腕立て、腹筋、背筋、スクワット。ノルマにした回数をこなし、芝生に転がる。呼吸が整っていくのにあわせて、頭は勝手にいろんなことを考え始めてしまうのがわかった。

「……俺、どうなるんだよ……」

さっきまでの曇り空はいつの間にか澄み渡った青空に変わっていたけど、俺の気分はそれにはリンクしてくれなかった。

「……マジかよ。本当に二年も経ってんのかよ」

信じられない。その状態でこんな生活を送っていることも信じられない。理屈で考えれば信じるしかないけど、信じたくない。

なにも、覚えていない。なのに今日がある。

足元がフワフワとする。現実にリアリティがない。自分の姿は自分が知っていたものではなく、周囲の人間の時は過ぎていて、俺は一人きり。

立っている場所に安定感がなく、背骨が抜かれてしまったような不安定さを覚える。

そして明日にはこの胸の焦燥感や虚無感も覚えていないというのだ。

俺には、昨日がない。そして、明日もない。今日は日向が来るという木曜日ではないし、修も仕事で忙しいのだろう、そしてバーに行く気にもなれないし、遠出もしたくない。きっと、誰とも話すこともなく、なにかの印象的な出来事が起こるわけでもなく今日は終わる。そして今日、今考えている『俺』は明日にはもういない。『俺』の余命は一日だけだ。

頭が痛くなる。わけのわからない奇声をあげて転げまわりたくなる。

俺はどうなる？　日向はそのうち大学を卒業して結婚したりするのかもしれない、修をはじめとした友人たちもそれぞれの道を行くだろう。

俺が、普通の状態でいたのなら。彼らと同じように未来を生きることができていたはずだ。

『俺らもオッサンになったな』なんて自虐的なことを言いながら友人と思い出話をしたり。

日向に子どもができたりして、甥だか姪だかわからないその子の成長を見守ったり。

俺自身がいろんな作品を書いて発表して、その反響に一喜一憂したり。

楽しみにしている漫画の続きを読んで喜んだり。

俺には、それが何一つできないのだ。

俺には人に語るような思い出はもう作れない。ある朝起きたら実感もないまま年をとっていて、甥や姪ができたとしてもその子はいつでも初対面にしか感じられず、漫画を読んでもその続きが出るころにはストーリーを覚えていない。

この作品は面白かったから記憶を消してもう一度読みたい、なんて願望はある意味では定番だし、俺もそうできたらと思ったりもした。でも冗談じゃない。忘れてしまった『俺』は、俺じゃないんだ。

　気が狂いそうだ。

　わかってるさ。それでも、それでも悲嘆して入院しているよりは今の状態の方がマシなはずで、強くあろうと思った過去の俺が今こうして生きていることはわかってるさ。俺はカッコつけだからな。きっとこの二年、俺はなんとかかんとか自分を騙して、強がって、忘れていくことを忘れたふりをしてやってきたんだ。書きかけの小説は読んでないけど、少しは進んでるらしいしな。

「けど……」

　やりきれない。

　だから俺は走っていて、無茶な筋トレをしていて、そして今度は、

「くそったれ！」

　河川敷に植わっている木を思い切り殴りつけた。ごっ、という鈍い音が鳴り、拳が痛んだ。

　見れば、中指の第三関節から血が滲んでいる。

　俺は、生きているのか。

　今日しかない岸本アキラは、周囲の人たちと、世界と同じように生きているのか。

連続する記憶もなく、人との繋がりも築けず。

人はきっと、互いの『声』を伝え合い、その中で生きている。その中でこそ、生きていける。

今の俺の声はか細くて小さくて、誰にも聞こえない囁きにすぎなくて。

ここにたしかに生きているのだと、伝えることができない。

前に俺と同じ症状の大学生を主人公にした映画を観たことがある。

その主人公は愛すべき仲間たちや恋する女の子と一緒に学生プロレスをやっていて、物語のクライマックスでは、頑張って習得したプロレス技を頭は覚えていなくても、体は覚えている！　という感動的な展開だった。

俺も、そうできないかな、と思ったのだ。だからトレーニングをしてみた。

「無理だよな……」

でも、本当はわかっている。俺は別にそこまでボクシングが好きなわけじゃない。教えてくれる仲間や、ひそかに恋してるプロレス研究会のマネージャーもいない。

この拳に宿っているのは情熱でも恋でも希望でもなく、怯えと焦りと怒りだけだ。

「……」

無意味だ。帰ろう。きっと、明日の俺は筋肉痛になっていることだろう。

最悪なのは、たとえそれが筋肉痛でも明日の自分に何かを残した気になって、わずかの安堵(あんど)を覚えていることだ。

俺は、死にかけているのかもしれない。

そう考えると、体中に冷たい水が満ちていく錯覚を覚える。

だから、か細くて消えそうな自分の中の火を消さないように強く思う。

負けたくない。負けるものか。

6月29日　木曜日　PM03：33

「総評するとなかなかよかったですよ!? 　あとはさっきも話した通り意外性がもっとほしいですね！　ハハハ！」

「はぁ……意外性、ですか」

カフェ『BLUE』に座る俺たち。

俺はテーブルに置かれたコーヒーを一口啜(すす)り、担当編集者の熊川さんに相槌(あいづち)を打った。

「いやね!? 　まあね!? 　これはこれでいいと思うんですよ？　しかしですね！　もうちょっとこう、大どんでん返しっぽい展開があるといいんですよね！　ハハハ！　ほら本の帯によくあるでしょう？　『あなたはきっと二回読む』とか『衝撃のラスト四ページ！』とか。ああいう風な作品は売りやすいんですよ。営業部からもよく言われてましてね!?　ハハハ！　わかりますかね!?　わかりますよね!?　岸本さんなら！」

熊川さんは俺の肩をバンバンと叩いて笑った。なにが面白いのか俺にはわからないが、彼の言いたいことはわかる。

昨今、というわけでもないが、小説業界で売れ筋の人気要素というものがいくつかある。そのうちの一つはトリックの要素だ。この場合のトリック要素というのは、別に殺人事件の謎解き、という意味ではない。そうではなく、読者をミスリードさせておいて、クライマックスでどんでん返しを炸裂させるようなものを指す。叙述トリックもこれに含まれやすい。

俺の担当編集者である熊川さんは元々営業部にいた人だけあって、その辺を熟知している。だから俺との打ち合わせでは常に売れ線を意識した提案をしてくるのだ。例えばタイトル。俺が内容に合うように考えた案がそのまま通ることはあまりなく、大体は既存の人気作の要素をいれることをオススメされる。

最初のころは俺も反感を持ったりした。まあ当時は大学二年生だったたし、俺の作品に口出すんじゃねぇよとか思っても仕方がないところだ。けど、今ではそんなことはない。彼はサラリーマンであり、サラリーマンとしての彼の使命は売れる作品を作ることで、売れる作品を作ることについては俺もまったく反対するつもりはない。そして今の俺は売れる要素を意識することが大事だということも知っている。

「……そしたらちょっと主人公のキャラクター変えたりとか、全体の雰囲気変えたりしないといけないかもしれませんね……」

俺がそう口に出すと熊川さんはものすごい勢いで首を横に振った。

「それはダメですよ！　ハハハ！　作品全体としてはいい空気が出てますし、主人公のスカしたキャラクター性もいい！　これを変えずに、いやむしろこの方向でもっとよくして、それとは別にトリックも入れましょうよ！　それと、ヒロインキャラの描写ももう少し頑張れませんかね。あんまりこう、ときめかないですよ⁉　女の子が可愛い小説は売れますからね！　そこは意識しましょうよ！」

「……はあ」

「僕も一緒に考えますから！　今日はいくつか案も考えてきたんですよ‼　いいですか！　まずは」

熊川さんはそう言うとカバンから大量の資料を出し、俺にいくつかの提案をしてきた。参考になれば、と考えた彼が作ってくれたそれは、素直にありがたいと思う。

そこの名前通りに熊みたいに大きく毛深くやたらと陽気な三十五歳の編集者はそういう人だ。

ところで、作家仲間からは、編集者にはロクな人間がいない、とよく聞く。

メールの返信に数か月かかる、あるいは返信してこない。

自分が言ったことを覚えていない。

ストーリーを破綻させるような提案をしてくる。

作家を人間と思っておらず使い捨ての文章製造機としか考えていない。

明言していたはずの印税率や出版部数を平気で変えてくる。

原稿の確認は遅れてるくせにＳＮＳでずっとゲームの話をしている。

引継ぎなしでいきなり退職が当たり前。

読めばわかるはずのことを聞いてくる。

新作が売れなかったとたん音信不通になる。

そのくせ、他社から本を出すと文句を言ってくる。

売れなかったら作家のせい、売れたら編集のおかげ。

などなど。

それに比べれば、熊川さんは熱意ある編集者さんだし、その上で俺に対してスパルタだ。ありがたいことだ、と理屈ではわかっている。今回の提案も俺の持ち味を残し、作品としては面白くし、その上で売れる要素を盛り込むという無茶苦茶なハードルを設定してきていることはわかっている。それに応えることができれば、俺の小説はもっとよくなるだろう。そして俺は絶対にそうしたい。そうするべきだ。

でもちょっとキツいものがある。

「なるほど……。ちょっと難しいので、時間もらってもいいですかね。来月中には、練り直したプロット送りますから」

俺がそう言うと、熊川さんは例によって熊のように唸ってから口を開いた。

「岸本さん、もうあんまり時間はないですよ。来月中ってのはどうですかねー。いや、どうしてもって言うなら仕方ないですけどね、ハハハ！」

豪快に笑い飛ばしてくれてはいるが、目が笑っていない。これはマジなヤツだ。

「岸本さんの前作はもう二年前になるんですよ。あまり刊行期間をあけるのはよくないと思うなぁ、僕は」

うぐ。

「それにですね。僕の方で押さえている刊行予定は来年の二月です。完成原稿の締切は今年の十一月末！　そこまでに仕上がらなければ次に出版枠が空くのはいつになるのやらわかりませんよ！」

ぐお。

「岸本さんのご症状は僕も知っていますし、筆が遅くなるのはわかります。ですが、新作が遅れれば遅れるほど売れる確率は落ちますし、下手をしたら二度と出せなくなることもありえます。業界の流れは速いですからねぇ、ハハハ！　上手くやらないと作家としてかなり厳しい状態になるかもですよ！」

おっふ。

俺は絞り出すように答えた。熊川さんの言うことはいちいちもっともであり、だからこそ痛いところだ。

「……わかってますよ、そのくらい」

俺のように中途半端な人気の作家は、しばらく本を出さないでいると忘れられてしまう。前作までのファンが追ってくれなくなる。そして出版社というのはあくまでもビジネスで俺の作品を刊行しているわけなので、いつまでも待ってくれはしない。

「僕もなるべく協力はします。ハハハ、僕は、岸本さんが傑作を書けると思っているからこうして今も担当させていただいているんですからね！　頑張ってくださいよ！」

ばんばん！　と俺の肩を叩く熊川氏。熱血である。俺とはかなり違うタイプだし、仮に同級生だったらまず友達にはなっていないと思われる彼だが、こんな厄介な状態にある作家を見捨てず支えてくれるナイスガイだ。

だから、俺の方も男らしくクールに請け負いたいところなのだが、見通しはまるで立っていない。だからなんとも答えられなかった。

「……ふう」

となると、熊川さんも黙るしかないわけで。

「……はあ」

俺と熊川さんの間に重くしらけた沈黙がおりたそのとき。

「お水、お注ぎしますね」

カフェ『ＢＬＵＥ』のウェイトレスさんが鈴の鳴るような声をかけてきて、俺たちのグラスに水を注いだ。睫毛(まつげ)の長い整った横顔のためか、柔らかく洗練された物腰のためか、作家と編集者周辺の空気が少しだけ軽くなったように思える。

「失礼しましたー」

ウェイトレスさんはそう言ってお辞儀をすると、テーブルから離れていった。こう、なんというか清潔感と温かみの両方がある人だ。

「うーむ。やっぱり、可愛い子ですなぁ。お嬢さんって感じで、ハハハ！」

熊川さんは去っていくウェイトレスさんの後ろ姿を眺めつつ、なんとも脂(あぶら)っぽいセリフを吐いた。顔も若干にやけている。いや、俺もその意見を否定するつもりはないけど、

『やっぱり』ってなんだよ。さっきからずっとそこ気にしてたのかよ。

「熊川さんはもうちょっとギャルギャルしい感じのエロい子が好きなのかと思ってましたよ、俺は」

熊川さんは妻子持ちだが、わりと女好きだ。十八歳未満が入っちゃいけない店の常連

であることも俺は知っている。その中でも、黒ギャル専門店ナンタラと言うところがお気に入りなのだそうだ。

「ああいう感じも新鮮ですしね！　こう、朗らかで懐っこい感じが……おっと、すいません。あの子、岸本さんのお知り合いなんですよね？」

「は？」

そうだっけ。ああ、そうなんだった、と思い出す。俺はこの店に最近よく来ており、ウェイトレスさんとはバーで時々話をしたりするようにもなっているらしい。小洒落たカフェに通って執筆もするなんてあんまり俺らしくないが、ここのコーヒーは相当美味いので例外なんだと引継ぎに書いてあった。ちなみにさっきの彼女はカフェ子、ではなく翼という名前だった。

それにしても、少なくとも今日の俺は熊川さんにそんな話はしていない。過去の俺がしたのだろうか。ってことは、この店に打ち合わせで来たのも、初めてではないってことか。

「いやぁ、さすがは岸本さん、あんな美人と知り合いとは、イケメン作家は違いますねぇ！　ワハハ！」

「……はぁ」

俺はまた溜息をついた。

あれなんだよな。美人すぎる○○とかイケメン○○、みたいな称号で呼ばれる人は、ほとんどの場合誇張だ。実際そこまでたいして美人でもイケメンでもない。『○○にしては』という意味が内包されている微妙な誉め言葉なのだ。

　俺はそこまでオプティミストではないのである。

　俺程度でイケメンかよ。じゃあなんだよ熊川さんよ、作家ってのはアンタの中ではそんなに不細工しかいねぇことになってんのかよ、と突っ込みたくなった。が、一応は俺も大人なのでやめておく。

「おっと、もうこんな時間だ！　すいません岸本さん、僕、次の打ち合わせがあるので失礼しますね！　会計は済ませておくので、どうぞごゆっくり！　原稿の方、お待ちしてますんでよろしくお願いしますよ！」

　いつもながら本当に慌ただしい人だ。編集者というのは激務だとは聞くけど、みんなこうなのだろうか。曖昧に頷く俺を尻目に、あっという間にレジの方まで移動している。

「すいません！　あちらの席にコーヒーのおかわりを。それを追加した分で領収書いただけますか！　宛名は……」

　それでいて俺のカップが空になっていることを目ざとく気にかけ、追加のオーダーをした上で会計を済ましている。大人だ。ちょっと声デカくてかなり押しが強く、全体的に暑苦しいオッサンだが大人である。

店から出た熊川さんは窓越しに大きく手を振り、俺も苦笑いでそれに応えた。

それにしても原稿の目処はまるで立たず、アイディアもない。さすがに溜息がでる。

「お待たせしました」

と、ちょうどそのときカフェ子、改め翼さんがコーヒーのおかわりをテーブルに置いてくれた。

「あー、ありがとうございます」

知り合いらしい彼女との距離感がいまいちわからない俺が曖昧に頭を下げると、さらに追撃。

「あと、こちらも」

翼さんがそう言って薦めてきたのは、チョコケーキだった。俺は注文していない。別に甘いものが嫌いなわけではないが、男が外で甘味を食べるのはあんまりタフガイっぽくない気がするのだ。

「頼んでないけど」

「私が作った試作品なんですよ。よかったら味見してみてください」

「カ……翼さんが作ったんですか？」

これは意外だ。と、いうのも、ケーキはかなりちゃんとしている。こう、デカい皿に載っていて、キラキラした赤いソースやフレッシュなミントの色どりも綺麗だ。それにそもそもケーキ自体が美味そう。イタリアンやフレンチのコースのラストに出てくる『デザート』のそれだ。

「ん。まだまだ修業中なんだけどね」

少し顔を近づけてきて、他に聞こえないほどのボリュームで敬語を崩す彼女。

このはにかんでいる女の子はウェイトレスさんかと思っていたけど、実はパティシエール見習いだったらしい。料理や製菓の世界には詳しくないけど、厨房志望の若い人がホールをやりつつ経験を積むのはありそうな話だ。

「すごいね」

俺は素直にそう口にした。

彼女は多分、調理師系の学校とかを出てて、一人前のパティシエールを目指してたりするんだろう。

可愛い子というのはややもすれば、可愛い、という印象だけが残りがちだし、日常を華やかに色づかせてくれる存在という風にとらえてしまうことが多い。でも、誰にだって日常や人生はあるし、そこには目標だったりドラマがあったりする。その事実に触れたとき、俺はなんだか少し感心してしまう。

もし彼女が将来一人前になったら、珍しく誇張ではない表現として『美人すぎるパティシエール』と呼ばれそうだけど、そのフレーズの前半部分そんなに大事じゃねぇだろ、って思う。この仕上がりを見るに、彼女は腕がいいらしい。俺は基本的になんらかのスキルを持っている人間を尊敬している。それは努力の証だからだ。

「で、これはなんていうヤツ？」

俺は皿に目を落とし、そう尋ねてみた。

「これはですね。フォンダン・ショコラ・アベック・フランボワーズです」

なるほどわからん。チョコケーキだな、うん。

「アベック……？」

「フランボワーズです」

「この赤いタレがフランボワーズ？」

フランボワーズってなんだっけ。ネタになるかもしれないからあとで調べて手帳に書いて、それから家のＰＣにも保存しておこう。

「タレって……。そこはソースとですね」

俺と翼さんのやりとりを聞いていたマスターらしき髭の男性が噴き出した。恥ずかしい。

「いただきます」

フォークをぶっ刺し、半分くらいの量を一度に口に放り込む。しっとりした食感と香るほろ苦いカカオの風味。ケーキの内部からは仕込まれていたらしいチョコレートクリ

ームが溢れた。少し酸味が効いた赤いタレとの相性もよくて。つまりは、

「美味い」

暗いテンションでボソッと口にした俺だったが、翼さんは満面の笑みを浮かべてくれた。こう、クラシカルな比喩で言うところの、花の咲くような、ってヤツだ。

まあ、俺だって目の前で小説読まれて面白いって言われたら超嬉しいからな。作り手の気持ちはわかるぜ。

「よかった。落ち込みそうなときは、ケーキが一番なのですよ！」

「え」

翼さんは、首を傾け、俺の方を窺うように見つめた。やべぇ。なにこれ。

俺は察しがいい方だ。つまり彼女は俺が落ち込んでいると思って、それで慰めようとこのケーキをサービスしてくれたってことかよ。

やべぇ。超恥ずかしい。そういえば、熊川さんはあの通り声がデカいので、さっきの打ち合わせで俺がボコボコにされていたのが聞こえていたことは間違いないわけで、それで俺が溜息をついたりしてるのも見られたのかもしれないわけで。

ひぇぇ。カッコ悪い。男は強くなければ生きていけないんだとフィリップさんも言ってるだろ。ハードボイルド小説を書こうとしている俺がこれは、かなり恥ずかしい。しかも、それを感覚的には初対面で、そのくせ顔見知りで俺を作家だと知っている女性に

見られるとかタフガイにあるまじきことである。北方謙三さんならまずありえないことだろう。

ひぇぇ。

「ど、どうもありがとうございます」

しかし人の好意をむげにするのはよろしくないし、それ自体は嬉しいことでもある。なので俺は挙動不審気味にお礼を言った。

「へへ。なんでそんなに硬いんですかー？」

「……恥ずかしくて」

もう仕方がないので俺は素直に認めた。そんな俺がおかしかったのか、翼さんはコロコロと笑って、去り際に小さく拳を上げてみせた。

「あはは。ふぁいとー」

くっそ、いい子じゃねぇか。それゆえ悔やまれる。カッコわりぃ。

ファイトとかリアルで言われたのいつ以来だよ南ちゃんかよ。俺はハリキリ青春運動部野郎じゃねぇってのに。クールなタフガイなのに。たまにしかヘタレないのに。

あー恥ずかしい恥ずかしい。くっそう。あれだ。もうあれだ。超傑作ができたら翼さんに献本しよう。そう引継ぎしておこう。

そりゃあ超傑作だからな。あんなヘタレたところがあったのは、こんなスゴイ小説を書くためだったのね！　なんて強い人！　抱いて！

レイディ、それはできないよ。

よしこれで行こう。うるせぇ妄想は自由だからいいんだよ。教室テロリストも異世界転移救世主も、文化祭バンドで大喝采も悪いことじゃねぇんだ。人は、そうやって心を作っていくんだよ。よし、これ食って、コーヒー飲んだら家に帰ってバリバリ書いてやるよ畜生それでいいんだろ！

7月6日　木曜日　PM09：57

行きつけのバー、『ボーディーズ』。そこのマスターである田中さんは三十歳と若いが、実は彼は三代目のマスターであり、この店自体は老舗だ。たしか三十五年前からやっていると聞いたことがある。

オーセンティックな雰囲気の店内はカウンターが七席とソファのボックス席が二つ。俺がいつも座るのはカウンターだけど、今日はボックス席にいた。何故かと言うと同行者が二人いるからだ。

「おお……、なんか大人の店って感じじゃん、お兄」

「いいよね、ここ。俺も久しぶりに来たけど、田中さん変わってないなぁ」

同行者、日向と修は店内を軽く見回し、楽しそうにしていた。今日は木曜日なので日向が来ており、バーに行ってみたいとうるさかった。ちょうど同じタイミングで修からも連絡が来たので、こうして三人でやってきたというわけだ。

「にしても、修さんってやっぱりイケメンですよね。それにオシャレだし。お兄も見習ったら？」

「ありがとう。日向ちゃんは大人っぽくなったね」

日向は久しぶりに会った修の爽やかイケメンっぷりにはしゃいでいた。そして修はイケメンと呼ばれてもサラリとお礼を言えるのがマジすごい。

ちなみに二人が会うのは俺の記憶によると二年ぶり、だから実際には四年ぶりだ。

大学の夏休みに俺の地元に修が遊びに来たとき以来だと思う。

「うるせぇよ日向。それに俺はオシャレだ。このショートブーツとジーンズがいくらすると思ってんだよ」

「もう夏だよ。年がら年中同じような恰好してるし、古臭いよ」

「バカ言うな。涼しくなったらライダース羽織るし、さらに寒くなったらストールも巻くぞ。ライダース以外のレザージャケットも結構持ってるし、あんまり着ないけどトレンチコートも四着持ってるわ」

　ちなみにポロシャツとセーターは一枚も持っていない。

「そういうとこだよ。なに？　お兄は特撮ヒーローなの？　変身できるの？　それともカウボーイなの？　アメリカの私立探偵なの？」

　口が達者になりやがって、と俺は舌打ちをした。たしかに俺のファッションには一定の傾向があり、それは趣味によるものであるが、一応ちゃんと現代的にしているのがわからんのか。

「ははは。日向ちゃん。アキラはコダワリの男なんだよ」

「中二病ですよ、ただの」

「いいんだよ。俺の中二病はクリエイティブなヤツだから」

「それなら俺も中二病かなぁ。物理学はあれ、中二病の塊なんだよ、実は」

　他愛のないことを一通り話したあとは、オーダーに入る。

「田中さん、スパークリングワインありますか？」

「あいよ。たしか修はカヴァが好きだったよな」

　カバというのはヒポポタマスのことではなく、どっか忘れたけど、どっかの国のスパークリングワインのことだ。しかし俺でさえうろ覚えなのに、田中さんはよく修の好みとか覚えてんな。

「俺は――……。パスティスのソーダ割り」

　暑くなってくると飲みたくなるのがパスティスのソーダ割りだ。薄めた歯磨き粉みたいだと言う人もいるが、俺は好きだ。薬草臭さが炭酸に意外に合うし、乳白色に染まるグラスもいい。ゴクゴクと一気飲みすると異常に爽やかなんだよな。

「パスティスは品切れだ。ペルノでいいか？」

「じゃあそれで」

　パスティス、アブサン、ペルノは実際には味が違うのだろうが、俺の中では同じである。

「え、えっと――……」

　修と俺がさっさと注文したので、日向は少し慌てた。この店にはメニューがないのだ。客は棚に並ぶボトルから頼むか、田中さんに任せるか、知っている酒を頼むか、本棚にあるカクテルブックを読んで注文するかしかない。そういうバーは結構あるが、日向は未経験のようだった。そういうところはやっぱり年下だし、多少見た感じが変わっても妹だな、と妙なところで安心できた。

「あ！　じゃあ私はあれで！　あの、ギムレット？　とかいうのをください！」

　頬を両手で挟み、迷った末に日向はそう口にした。コイツ、単に名前知ってるカクテルを頼んできたな、というのが丸わかりだ。そして頼んだのがよりによってギムレット。

ナイスだ。絶妙なパスだ。よし、今こそ俺はあのセリフを言うぜ。

「やめとけよ。お前は……『ギムレットには早すぎる』」

決まった。まさか人生で自然にこれを言えるシチュエーションがくるとは思っていなかった。見ていてくださいましたかチャンドラー先生。

そんな俺の内心に気付いたのか、修は苦笑していた。ギムレットには早すぎる。これは作家のレイモンド・チャンドラー氏が作中で生み出した、深い男の友情と別れの切なさが込められたハードボイルドすぎる言葉なのだ。

が、日向の反応はバッサリだった。

「は？　なにそれキモ。っていうか使い方違くない？」

目が冷たい。もー、最近の若い子はなんなの。と思ったが、日向の言葉が気になった。

「……正しい使い方、知ってんのか？」

「『ロング・グッドバイ』でしょ」

引用元の作品名をあっさり答えられたので、俺は心底驚き、しばしフリーズしてしまった。あれ、コイツ、いつの間に？

「……あっ！　……ち、違うから。ただ受験終わって暇だったから、お兄の本棚から借りただけだし！　別に興味なかったけど、暇だったから！」

なに慌ててんだコイツ。

「お、おお。そうか。でも、面白かっただろ」

「……うん」

　俺の記憶にある二年以上前の日向は俺の趣味嗜好(しこう)にケチをつけることが多かった。なにかに夢中になっている俺をつまらなそうに見て、俺がそれを薦めると何故かムキになって「いい！」と断るのだ。それが……。

　大人になったのだな、と俺は判断した。ちょっと嬉(うれ)しい。あの小説の読者が一人増えたのは、素晴らしいことである。なので、俺は少し優しくしてやることにした。

「そりゃよかった。まあでも、真面目(まじめ)にギムレットはわりと強いからやめとけ」

　日向がどれくらい酒に強いのかは知らないけど、ハタチの大学生だ。それに、いくら俺の妹とはいえ、体質が似ているってことはないので、ショートカクテルを飲むのはやめた方がいいように思う。ビールみたいな勢いで飲んで酔っ払うからな。

「そっか。んー。じゃあ、お兄のおススメでいいよ」

　俺がわりと優しく接したためか、日向は素直だった。そして修はそんな俺たちを微笑(ほほえ)ましそうに見ている。なんだよいいヤツかよお前。ああ、いいヤツだったなお前。知ってた。

「ハイボールにしとけ」

「えー？　居酒屋でも飲めるじゃん！」

「ちゃんとしたハイボールはその辺のハイボールとは違うんだ。飲めばわかる」

　これは本当のことだ。コンビニで売られている缶入りのハイボールも、居酒屋のバイトさんが作るハイボールも嫌いではないが、バーで、バーテンダーが作ったハイボールは別物である。

　好みのウイスキーを選び、バランスよくソーダを注ぎ、氷を傷つけないようにステアしたハイボールは、旨い。いつも飲んでいるハイボールだからこそ、その違いがハッキリわかって面白いと思う。なので、日向に薦めたのは本当におススメだからだ。

　田中さんのフルーツカッティングの技術は凄いので、そういう系のカクテルも考えたがそれは二杯目でいいだろう。

「そ、そうなんだ。じゃあ、それで。やっとお兄が好きなお酒飲める！」

　なにやら日向も嬉しそうにしていた。

「あいよ。妹ちゃん、あー日向ちゃん、か。ライムかレモンは入れようか？」

　また、田中さんはこのようにして客の好みやその日の気分を重視する。ハイボールが注文された場合は、よほどの常連で答えがわかりきっているとき以外はピールする果物を聞いてくれるのだ。

　と、まあそんなわけで俺たちのグラスがやってきて、雑で適当な乾杯を済ませた。

「修さんて、物理学者なんですよね？」

「そうだよ。でもなんかそう言うとちょっと偉そうだね。ただ好きなことしてるだけなのに」

「すごいですよね。理系の男の人ってなんかカッコいいです」

はっはっは。ここに文系オブ文系がいるぜ！

「日向ちゃんは、大学で何専攻するとか決めてるの？」

「んー。考え中ですけど。就職に有利なのがいいかと！　お兄みたいに就活失敗したくないし」

「あはは。そうだね。俺もその方がいいと思うな」

「言っとくけど、俺は就活に失敗したわけじゃねぇぞ。ただ、ちょっと兼業作家になりたかったけどどこの会社にも入れなかったから専業作家になっただけだ」

「それは失敗じゃん」

「違うわい。税金だってちゃんと払ってるし、確定申告とか超やってるから社会人だ」

「私は嫌だなー。安定がない仕事って。売れなくなったらどうするわけ？」

「うっ……」

俺も正直そう思ってるけど言うなよ。今俺は結構デリケートな状態なんだぞ。

「……で、でも作家は結構いいんだぞ。この飲み代だって領収書もらっとけば確定申告で経費計上できるんだぜ」

「脱税じゃん」

「ちげぇよ節税だ。お前は俺の小説読んでないから知らないだろうけど、ストーリーを深くする小道具としてよく酒が出てくるんだよ。だからこれは執筆に必要な経費だ」

「あれ？　日向ちゃん、アキラの小説読んだことないの？」

「え、えぇっと。……読んだことないですよ？」

「そうなんだ。俺は結構好きだよ。いかにもアキラが書いてるって感じで」

「へ、へー。そうなんですか。でも別に興味ないですし……」

オニかよコイツは。最近の『引継ぎ』によれば俺は新作に行き詰まっていて、悩んでいるらしかった。そりゃそうだ。こんな状態だし、それでもいろんな都合から傑作を書こうと苦心している兄に対して……。

とも思うけど、以前と変わらずポンポン言ってくるところがありがたくもある。妹にあまり気を使わせるのも嫌だしな。

「っていうか読めよ！　買え！　そして大学の友達とかに薦めろ！　俺の印税のために」

「嫌ですー。どうせ男らしいぜ俺は的なキャラばっかり出てきてキザなセリフばっか言うんでしょ？」

「ぐ……」

読んでないのになんでわりと正確に当ててくるんだよ。けどそれが俺の作風っていうか売りなんだよ。ごくたまに来てたファンレターとかにもそう書いてあるんだっての。

「それより修さん、私の友達がイケメン紹介してほしいって言ってるんですけどー」

おいそこ。髪を指でくるくるしつつ女っぽさだしてんじゃねぇよ。

「うん？　誰か友達紹介しようか？　研究室男ばっかりだからきっと喜ばれるよ。っていうかアキラでいいんじゃない？」

「お、お兄はダメですよ！」

力一杯否定しやがったぜ。

「なんでだよ」

「え、もしかして自分でイケメンだとでも思ってるの？　引くー」

なんて、わりとひどいことを言われつつ、二杯目を頼み、またバカなことを話して次を頼む。俺はわりと楽しんでいた。気を使わない友達や家族と飲むと明るい気持ちになる。

「で、日向。お前大学はどうなんだよ。油断してるとマジですぐに卒業になるから、色々やっとけよ」

「色々ってなにさ」

「彼氏作るとか、資格とるとかあんだろ。あと普通にキャンパスライフ楽しんどけ」

「言われなくても大学楽しいよ。お兄、オッサンみたい」

感覚的には久しぶりに会う日向、知らないうちに酒が飲める年になっていた妹にカクテルを奢るのは、不思議な気持ちだけど、実はやってみたかったことでもある。

俺は、今日のことを覚えていたい。もしかしたら毎日思っているのかもしれないけど、今夜はきっと、いつもより強くそう願った。

7月18日　火曜日　AM11：00

インスタントコーヒーのストックがなかったので、俺は近所の自販機で缶コーヒーを買った。スーパーまで行くのは怠かったからだ。

そしてすぐに帰宅。俺はハーフパンツで外を出歩くのが好きではない。

「……あ」

自宅であるアパートメントの入り口まで戻ってきて気付いたが、俺の部屋のポストが郵便物でパンパンになっている。前向性健忘とやらを患っているせいではない、と思う。俺はあんまりポストをチェックしたりしないので、以前からこういうことはよくあった。

岸本アキラは基本的にズボラな人間なのである。

そんな俺が今日に限ってポストを確認してみるつもりになったのは、はみ出している郵便物の中にＭＡＲＵＹＡＭＡのロゴが印刷された封筒があったからだ。

ＭＡＲＵＹＡＭＡは、俺の本を数冊出している出版社であり、そこから送られてくる封筒の中身はたいていの場合俺にとっては吉報なのだ。

郵便物やチラシの束をまとめて取り、部屋に戻る。で、さっそく封筒の確認。

「へー……。六刷か。細く長く頑張ってるな、あれ」

ＭＡＲＵＹＡＭＡからの封筒の中身は、振り込み通知書だった。他の出版社や作家がどうなのかは知らないが、俺の場合はこういう形で自分にいくら入ったのか確認できるようになっている。

今確認しているこの通知書によると、俺が三年前に出した小説『童貞ファーザー』は今回で五回目の重版らしく、その分の印税が入っている。

ちなみによく勘違いされるが、作家に入る印税というのは、売れた分だけもらえるものではない。正確には、ほとんどの場合、刷った分だけもらえる。極論を言えば、一冊も売れなかったとしても、出版社が決めた初版発行部数分は金がもらえるのだ。まあ、それは出版社としては大損害であろうし、その作品は間違いなくあっという間に本屋からは消えて、その作家の新作や続編を出すのは厳しくなるだろうけど。

一方、最初の発行部数が売れてきて、もっと売れそうだぜ、ってことになると重版がかかることになるが、その場合も追加で印税は入る。俺は三回目の重版までしか記憶していないが、『童貞ファーザー』はその後もそこそこ売れているようだ。

次に目をやったのは『電子書籍印税』の方。『ビッチ・ハンター』という恋愛小説の印税が入っていた。

電子書籍印税は紙の本と違って、その小説の一定期間における売上販売額の数パーセントがもらえる、という契約になっている。なので、まとまった額が一度に入る、ということはあまりないが、忘れたころにちょっとしたお小遣いのように振り込まれるので、まあ嬉しい。

俺の貯金額はさっき『引継ぎ』で確認したが、記憶しているよりは減っていた。この二年新作を出していないんだから当たり前だ。だから、こうして過去作が金になることはありがたい。

まるで、過去の自分が今の俺を助けてくれたようにも思えて、感謝してしまう。

でも考えてみれば奇妙な話だ。買ってくれている読者さんに感謝するならわかるし、それは当然している。でもなんで自分に感謝しなきゃならない？

記憶障害なんかを抱えているから、別の時間にいる自分を別人のように感じてしまっているのだろうか。

それにしてもひどい話だ。俺はこんな症状を抱えながら果たして……。

「……あー、いかんいかん」

慌てて首を振り、変な考えを振り払った。

気を抜くと暗い方向に物事を考えてしまう。俺にはやることがあるんだ。さっさと原稿をやるんだ。どうやら俺はスランプらしく、最近行き詰まっているってことだし。少しでもいいから進まないと、いつまで経ってても脱稿できない。

「うし！」

俺はわざとらしく声をあげ、PCを開いた。よし書くぞオラ書くぞ。書きゃあいいんだろ書きゃあ。待っていてくれ、全国にちょっとくらいはいると思わ……信じているファンの方々。

そして喜べ未来の俺。この俺がお前を稼がせてやる。

と、そのとき。

ぴぽん！

PCから間抜けな音が聞こえた。なんだよもう。勢いが挫けるじゃねぇか、とも思ったがこれはメールの着信音だ。だけどこんな時間に俺にメールしてくる相手は一人しかいない。そしてその人のメールは確認しないわけにはいかないのだ。

〈FROM　MARUYAMA　熊川氏〉

ほらな、やっぱり。最近送ったプロットか原稿の『戻し』なんだろう。俺の原稿の修正点や提案とかが書かれているはずで、続きを書く前にまずそれを読まなきゃならない。

もちろん、俺にはあまり時間がないので、ポイントだけを確認し、引き継いでおくわけだが。

〈全体的にはクオリティが上がっていると思います〉

おう！

〈このペースであれば締切にも間に合いそうな気がしてきました〉

おう。

〈ただ、ちょっと女性キャラの描写が気になります〉

……おう。

〈もう少しリアルな女の子らしさがあった方がいいと思います。例えば……〉

……お、おう。

〈とかですね。岸本さんの経験を活かしたらどうでしょうか。もしアレだったら僕と一緒に歌舞伎町のキャバ……〉

だから行かねぇよこの熊野郎！　大体それのどこがリアルなんだよああ!?　経験だぁ!?　俺は少なくとも二年は彼女いねぇ上にそれを覚えてすらいないってわかってんだろうがてめぇは！　まさかその店も経費で落とそうとしてるんじゃねぇだろうな！

〈ハハハ、冗談ですよ。岸本さんは若いしイケメンなんだから、友達の女の子にでも話を聞いてですね……〉

もういい。

俺は溜息をついてPCを閉じた。少し考えをまとめよう。

「……言ってることは、まあ、わかる」

深呼吸して、腕を組む。落ち着け。

熊川さんはかなりアレな人だが、編集者として無能な人ではない。たしかに、今書いている『悪魔を騙す者』の女性キャラは薄い。その子を救うために命を懸けるキャラがいるのだが、これでは読者が不自然に感じてしまうかもしれないし、そうなったら信念をかけて戦う他のキャラとのバランスも悪い。要するに、よくない。

もともと俺は女性キャラの描写は得意ではない方だし、騙し騙しやってきたが、今回はダメだ。これは傑作にしなければならないのだから。じゃあどうしよう。もちろん、熊川さんおススメの自主規制したくなるような看板を掲げた店名への突撃は却下だ。俺はそういう店はあんまり好きではない。

「……」

ぽっくぽっくぽっく。

「……」

ちーん。

「……いいかもしんない」

俺はあることを思いついた。朝、『引継ぎ』を読んだ際に過去の俺から提示された『最近起こっている問題』と、今熊川さんから指摘された小説のキャラの問題。上手くいけば二つがいっぺんに解決する可能性がある。

よし、やってみよう。

そう決めたとたん、何故か鼓動が少しだけ速まった。落ち着かず、高揚した気分になっているのもわかる。わけもなく部屋の中を歩き回ったりしてしまう。

なんだこれ？　まあいいか。よしこの思い付きを引き継ぐとしよう。

頑張れ、未来の俺。

８月５日　土曜日　ＰＭ02：42

待ち合わせまではまだ二十分近くある。少し早くついてしまったようだ。

駅前広場のベンチに腰かけた俺は、目の前の噴水を眺めつつしばし待つことにした。

それにしても、マジかよ。と思っている。手帳を今読み返してみても、マジかよとしか思えない。

なんと俺は今から、話した記憶も会った記憶もない女性とデートをするらしい。

ついさきほど『引継ぎ』を読み終えた俺は、まだ感情の処理が追い付いていなかった。

〈……ところで、今日、今から俺（おまえ）はその人とデートに行くことになっている。理由はさきほど上げた二つ。納得できるはずだ。そして一応デートプランも数日前俺が考えてくれたのがあるから確認しろ。そしてこれは大事なことだが、このイベントを乗り切って家に帰ったら……〉

説明は色々あったのだが、なかなかに衝撃的である。ずいぶん思い切った決断をしたものだ。そのくらい切羽詰まっていた、ということだろうか。

え、っていうかマジで来るの？　さっきスマホにメッセージは来てたけど、マジで来るの？　どうすんの俺。っていうか、なんでこんなドキドキしてんの俺。

おかしい。フワフワする。俺は別に女性経験がないわけでもないし、過去の例で言うと女性と接するときもわりと冷静だったと思う。なにしろハードボイルドだからな。なのに……？

「わっ！」

「どわああああっ⁉」

不意に背後から大きめの声をかけられ、さらに背中をぱん、と叩かれた俺は、ほんの少しばかり驚いた声をあげてしまった。

「あははははは！　そんなに驚かなくてもいいのにー」

振り返ると、見知らぬ女がころころと笑っていた。ひらひらしてるのにアクティブな印象の水色のワンピースが爽やかで夏っぽいし、たいして驚いていないはずの俺の反応に見せる笑顔は眩しい。さらに言えばワンピースから覗く脚もだいぶ白くて眩しい。

見覚えがない美人。でも誰だかはわかる。

「……よお」

俺はベンチからのっそり立ち上がり、小さく声をかけた。

「いよっ」

彼女は右手をあげると、女の子の高く澄んだ声とは合っていない挨拶を返した。

「早いね。アキラくん」

「あー……暇だったし、ちょっと本屋寄ってたから」

俺の名前を知っている。やはりこの人が翼さんだ。へー。

自分の書いたことだから別に信用してなかったわけじゃないけど、マジで美人さんだな。よくこんな人と仲良くなったもんだな。なんか裏でもあるんじゃねぇの。壺なら買わねぇぞ。

「おー。ホントに本が好きなんだねぇ。もう用事は済んだの？」

えーっと。たしかカフェの外では敬語ではなく普通に話してるんだよな。俺の普通。普通。つまりは雑な感じだな。

「用事は別になかったからな。ただブラブラしてただけ。翼さんも早いな」

「ん？　へへへ」

「へへへ？」

「んー。私も暇だったから」

「あーそう。……いい若いもんが二人して暇か……若者の忙しい離れが深刻です。日本の未来はどうなるのでしょうか」

よし、微妙なジョークも言えた。思ったよりスムーズに会話ができている。彼女の持つ独特な空気にもさほど違和感を覚えない。すげぇな俺。そんなに順応性が高い男だったのか。

「忙しい離れ……ぷっ。でも、今は暇じゃないよ！」

「へー」

なんで？　と聞き返そうとしたが、それはあまりにもアホだ。今二人でいることは予定なのだった。

「じゃあ、行くか。ちょっと早いけど、暑(あち)ぃし」

「そうだね。行こー」

　並んで歩き始める俺たち。翼さん、ウェッジソール履いてるのに、よくそんなに弾んだ足取りができるな。運動神経よさそう。

「私、映画観に行くの久しぶりなんだー。アキラくんは？」

「さあ、忘れた」

「言うと思った」

　俺はこれから映画を観に行くそうだ。しかもゴッリゴリの恋愛映画。タイトルに君とか僕とか入りがちなあのジャンルの、おそらくなんやかんやあってヒロインか主人公が死ぬ系の泣けるヤツ。まず俺一人だと絶対観に行かないヤツ。

　数日前の俺は、バーで偶然出会った彼女と映画の話になり、最近評判だから観に行きたいが、男一人で観に行くのはキツイ、と漏らしたらしい。

　で、ココロ優しい翼さんは、付き合ってくれることになったそうな。

　数日前の俺は、頑張って作戦を練ったものと思われる。昨日を覚えていない俺が『最近評判の映画』なんて知るはずもないのに、わざわざこのために調べたところからもそれが窺える。

　ベタだ。ベッタベタにベタだ。今どき初デートに誘うのにそんな理由付けをするなんて、さすがは女性キャラクターに定評のない岸本先生ですよ。

映画館に入った俺たちは飲み物を買い、そして上映開始。

今人気のあるらしい若手俳優演じる主人公と、これまた最近人気があるらしいアイドル演じるヒロインが出てきた。俳優の方は初めて観た。ここ二年でメジャーになった人なのかもしれない。

映画の中では主役の二人が出会い、わりと速攻で恋に落ちていた。なんか伏線っぽい違和感のある描写を挟みつつ、結ばれる。夜景の見える都会や自然が美しい郊外でキラキラしたデートを重ねていく二人。しかしここで驚愕（きょうがく）の真実があきらかになる。ヒロインには実は秘密があり、それが二人を引き裂くのだ！

「……」

ヤバいな。面白くない。

主役二人のルックスは好みなのでよいのだが、いかんせん面白くない。

別にこの映画が駄作だと言っているわけではない。映像は綺麗（きれい）だし、ストーリーに共感してときめいたりする人もたくさんいるんだろう。後ろのほうの席から洟（はな）を啜（すす）っている音もしたので、感動的な展開が繰り広げられていることもわかる。ウケのいいヒット作を作ってやるぜ、という制作側の意図も伝わる。大体、人気作なんだからそんなに悪い映画ではないと思う。お前の小説よりは全然面白いよ、と言われても反論はできない。

俺はあんまり好きじゃない。切ない恋の物語……とかあんまり得意じゃないんだよな、俺。要は個人的な好みの問題である。切なさや恋の奇跡よりも、なにかを貫いた強さや挫けない勇気に感動したい方なんだよ。たんに捻（ひね）くれもの、っていうこともあるけどさ。

　超話題作らしかったので大丈夫かと思ったけど、全然大丈夫じゃなかった。

〈そんな、嘘（うそ）だろ!?　でも仮にそうだったとしても僕は君のことが……！〉

〈ダメなのよ……。だって、私は……！　ぐすん、泣きたくなんて、なかったのに……〉

　そうですか……。それは困りましたね、と主人公カップルについて思ったが、俺も困っていた。

　この映画のセリフと展開で歯肉炎になってしまいそうだ。

　映画は、あと一時間以上ある。正直キツイ。そして眠るわけにもいかない。でも翼さんは女の人だし、女の人はこういう映画が好きな傾向がある。誘っといて寝るのはいくら何でも失礼だろう。だがこれ以上見続けると臍（へそ）でカップラーメンが作れてしまう。

　俺は、悟られないようにして隣に座る翼さんに目をやった。彼女の瞳（ひとみ）が潤（うる）んでいたり、口元を手で押さえて声を殺してたりすんのかな、と思ったからだ。しかし彼女の表情は予想と違っていた。

「………んー」

　隣に座る俺以外には聞こえないボリュームで、彼女は声を漏らした。首をかしげ、こめかみに人差し指を当てて、知らない言語によるスタンダップコメディでも観ているような、なんとも言えない表情である。

「……アキラくん」

見ていたことに気付かれた。彼女は、ささやき声で聞いてくる。掠れた音が、耳にくすぐったかった。

「この映画、面白い？」

それ聞いちゃうのかよ。少し迷ったが、

「……いや、正直、そんなに好きな感じではないけど」

オブラートに包んで答える俺。周りの席は空いているので、耳元で話せば誰にも聞こえないだろう。

「翼さんは？」

「ぜんぜん、面白くない」

むくれた猫のような印象を受ける。

「……」

「……」

どうすんのこれ。この空気感凄いよ。なに、映画終了まで耐えるの？　勘弁してくれよベイビー。とか思っていると、

「よし。アキラくん。出よ」

「え」

俺は一瞬反応に困った。手を差し出している彼女の言っている意味がわからなかったのだ。

だが、しばらく考えて答える。正直言うと、俺もそうしたかった。映画代より時間の方がもったいない派だ。

「そうだな」

ボソッと答えると、翼さんは俺の手を取って立ち上がった。彼女の手の滑らかでひんやりした感触に少し慌(あわ)てる。そして俺たちはそのまま一緒に劇場を出ることになった。

「ふぃー」

ポップコーン売り場の前で婆(ばあ)さんみたいに一息つく彼女に、俺は噴き出してしまった。

「え、な、なに？　どーして笑うの？」

「いや、面白くて。だって普通出ないだろ」

これは一応デートのはずである。しかも初デートだ。つつがなく完了することを狙(ねら)ってしかるべき場面である。

恋愛映画のクライマックスを見届けず、つまらないから劇場を出る。なかなかロックな行動だ。

「だってさー。……あ、アキラくんはもしかして最後まで観たかった？　私の勘違い？」

「いや合ってる。正直キツかったから助かった」

「なんだよそれー」

顔をくしゃっとさせて笑う翼さん。で、肩をパシパシ叩かれた。この人、なかなか変わり者だな。そうか、だから俺と親しくなったのかもしれない。

「だってもったいないよ。せっかく……」

「なに？」

「えっと……出かけてるのに」

なるほど。それはたしかにそうだ。とても『忙しい離れ』が著しい最近の若者とは思えない発言ではあるが、一理ある。

「というか、誘ってすまんかった」

厳密には誘ったわけではないが、狙いとしてはそうだった。なので、結果的には俺は翼さんに余計な時間を浪費させたことになる。そこは素直に謝る。

「そんなことないよ。つまんなかった！　……っていうのも経験なのです」

うんうん、と頷く彼女。言わんとしていることはなんとなくわかる。これはこれで、ネタになると思う。俺が覚えていられるのなら、きっと思い出して笑える。

「というわけでアキラくん」

「はい」

「時間が空きましたね」

「そうですね」

ここで解散するのが妥当な線だろうか。でも、俺はなんとなくそうは言い出せなかった。

「ここに来るときにさ、チラシ配ってたんだよね。すぐそこのイベントホールでやってるんだって」

翼さんが小さなリュックからなにやらゴソゴソと取り出し始めた。なんか買い物にでも行きたいのかもしれない。なるほど、プランBか。さすがはリア充っぽい人だ。デートの際の不測の事態にもフレキシブルに対応できるらしい。

「じゃーん」

彼女が取り出した催し物のチラシはまたしても予想の斜め上だった。というか、もはや次元を超越している。

「世界爬虫類展」

「世界爬虫類展！」

確認のためにチラシを読んだ俺に、翼さんはウッキウキに弾んだ声で答えた。

チラシに描かれた緑色の謎の生命体から出ている吹き出しにはコモドオオトカゲも来るよ！　と書いてある。他にも世界中の珍しい爬虫類が目白押しなんだそうだ。

「これ、行かない？」

展開が早い。そして提案内容に驚いた。デートで世界爬虫類展はなかなか行かないと思う。なのに翼さんはノリノリで、楽しげだ。一瞬、マジかよ、とか思う。

が、よく考えてみる。俺は結構博物館とか美術館とか、普段見ることのないものを見られる場所が好きだ。それに爬虫類も苦手ではないし、世界のトカゲさんにも興味がある。っていうか普通に面白そうだ。もし知っていたら、一人でも行ったと思う。なので。

「そうだな。行こうぜ。面白そうだ」

「でしょう。前にボーディーズでさ、アキラくん、動物好きって言ってたから」

「だったっけ。でも普通、その場合の動物って、犬とか猫とか、せいぜい鳥とか、体温調節できるヤツじゃないのか……」

「爬虫類嫌い？」

「いや。あのなんも考えてなさそうな目とか結構好き」

「私も好き！　可愛いよね」

と、いうわけで俺たちは今話題の、切なさが止まらない号泣必至の恋愛映画ではなく、ウロコの群れを見に行くことになったわけだが。

意外にもというか、流れから言うと自然に、というか。

楽しい。

「おお、デカい。そしてかなり俊敏だ」

「暖かいからねー今日は」

「丸のみしたぜ」

「丸のみですな」

「あそこのヤツはウロコ、すげぇ硬そう」

「そのおかげかせいか無防備すぎるお昼寝姿をさらしてる」

変温動物の群れで盛り上がる作家とパティシエール見習い。俺たちの他には家族連れや成人男性しかおらず、やや浮いているが、あまり気にならなかった。

「見て！　アキラくん！　コモドオオトカゲも寝てる！　スヤッスヤしてる」

「うおぉ。ほぼドラゴンじゃねぇか。怖いわ」

牙(きば)に猛毒を持っていて、噛(か)みついた獲物(えもの)を失血によるショックで殺してしまう大型の爬虫類は、怖いわりには意外と可愛かった。幼体から飼いならすと人に懐(なつ)きます、と書いてあるのもなんか納得できるかもしれない。

そして、俺の隣でドラゴンを指さし、楽しそうにしている女の子は、涙袋が目立つ瞳を丸くしており、口をあけてはしゃいでいて。横目でそれを見ているとこれがごく自然なデートのように思えてきた。夏にしてはすこーし重苦しいショートブーツを履く俺の足取りも、少しだけ軽くなったような気がする。

一通り見て回って、物販にも寄ってみた。コモドオオトカゲＴシャツとか、コーンヘッドイグアナクッションとか、どんなヤツがこれをほしがるのかよくわからない商品が売られている。

「わっ、これ、ほしい！」

ちっともデフォルメもキャラクター化もされていない、もろリアルな爬虫類のイラストが描かれたＴシャツを手に取る翼さん。ほしがるヤツお前かよ、と笑ってしまった。

「？　なにかおかしい？」

そう言って小首をかしげる翼さんは美人だし、なんだったら可憐、とか表現したくなるくらいなんだけど、そんな彼女がこのＴシャツを着てる姿を想像するとかなり面白い。しかもＴシャツを着た想像上の翼さんは、やたらと得意げに嬉しそうな表情をしていて、多分実際の彼女でもこんな顔すんだろうな、とおかしかった。

「はははははは！　翼さんは面白い人だな」

「なにが？　え、なに？」

「や、別に。いいんじゃねぇの。俺、そういうの好きだわ」

俺がそう言うと翼さんはちょっとだけ頬を赤らめた、今さら恥ずかしくなったのだろうか。

「え、あ、うー……、好きっていうのは、あの……」

「ああ、よく見たらたしかにほしくなるな。そのTシャツ、よし買おう」

「あ、Tシャツね!? Tシャツ！　そうそう！　いいよね。私もやっぱり買う！」

なにか慌てた様子でバタバタしている。でもTシャツを買う意志は固いみたいだ。

「おお」

そうして翼さんはコモドオオトカゲTシャツを買い、お揃いは避けたかった俺はカーペットニシキヘビTシャツを買った。いつ着るかは知らん。未来の俺にお任せだ。

爬虫類たちを見たあとはメシを食いに行くことになった。過去の俺のデートプランによると、食事はオサレにイタリアンかフレンチの予定だったが、変更。俺は焼き鳥が食べたくなったのだ。

もう適当でいいや、と思ったのが半分。そしてもう半分は、彼女は多分、焼き鳥屋でも美味そうに串を頬張るだろうと思ったからで、その表情が見たくなったから、かもしれない。

「俺はビールください」

俺は席に座るなり反射的にそう頼んでしまい、ちょっと失敗した、と思った。メニューを開いてもいないので、翼さんはまだ飲み物を決めてないかもしれない。女の人と食

事に行くにしては気遣いがなかったかもしれない。けど、

「あ、私もビールお願いします！」

翼さんは小学生が出席を取られるときなみに元気よくビールを頼んだ。

「大丈夫か？」

「何が？」

「いや、なんかこう、甘い系のサワーとかカクテルもあるみたいだし、別に俺待ってるから」

「やだなー。別にアキラくんに合わせたわけじゃないよ」

ぶんぶん、手を振る姿が、どこか小動物みたいだった。にしても、少し安心する。ボーディーズにもたまに来るらしい彼女は、酒はそれなりには飲める方みたいだ。

すぐにビールが二杯やってきて、俺はいつもよりは少しだけテンションの高い乾杯を済ませると一気にグラスのビールを流し込む。確認はしなかったけど、ここの生ビールは麒麟(きりん)のようだった。夏の外を歩いてきて火照(ほて)っていた体に、爽快(そうかい)な刺激が注がれる。心にシャワーを浴びているみたいだ、なんて、いつもより詩的なことを思ってしまった。まー、要するに記憶にあるビールよりも、不思議と割増しで旨い。

「ぶあーっ、旨(うめ)ぇ」

三分の二ほどを飲み干した俺が一息つくと、翼さんは右手に持ったグラスを傾けてゴ

クゴクやりつつ、俺を左手で制すような仕草をしていた。なにそれ？　ステイ？　あん？　と思いつつしばし待つ俺。翼さんはグラス半分くらいを飲み干し、テーブルに置き、それから。

「ぷはーっ。うーん。美味しいねー。ふふふ」

頬に手を当てている彼女は、なにやら幸せそうな表情だ。俺と同じように外を歩いてきたわけなので、格別なのかもしれない。

今なんでわざわざ待たせたんだよ、って気もするけど、少しわかる。旨いものは、誰かと共有したくなるし、同じタイミングで感想を言い合うのは、楽しいもんだ。

「ああ、旨いな。ここのビール」

「だよね！」

「多分サーバーの洗浄とか注ぎ方とかがいいんだろうな」

「ほうほう。そういうもんなの？」

ビールというのは、他の酒に比べると状態が味に直結する割合が大きい。状態というのは、樽やサーバーの管理状態や鮮度、あと温度の話だ。そういえば飲むときの精神状態も大きく影響する、って話も聞いたことあるけど、そっちは実際のところどうなんだろうか。

一息ついた俺たちは、思い思いに焼き鳥を注文した。どちらかが食べたいものを頼み、自分も食べたかったら『二本で』と頼む合理的な方法である。店が空(す)いていたので、注文が届くのも早かった。

「アキラくん、串から外す人？」

「外さねぇかな、あんまり」

「よし。じゃあパクつこう」

「おお。んじゃ俺はまずハツと砂肝」

焼き鳥を串から外すかどうか問題というのがある。串から食いたい派、気が利(き)く女子なのでみんなのために串から外して取り分けてくれる派、種類を多く食べたいから一本は食えないので外したいよ派、などと色々いる。

「ん！　アキラくん、このネギマ、すごい美味しいよ。ネギが、ネギネギしてる！」

びっくりした表情で謎の擬態語を用いて食レポをしてくる翼さん。別に顔が可愛いからってわけじゃないけど、どっかの美食家が凝った表現で紹介してくれるより、ネギマが美味そうに見えた。

「じゃあ俺もネギマ。タレ」

「私ももう一本食べよっかな。塩で」

串から外すかどうか問題。俺はどちらかと言えば外さない派だが、正直そこまで気にしない。大事なのは、遠慮なく串ごとかぶりつける相手と食べた方が、焼き鳥は美味しいってことだ。

8月5日　土曜日　PM10：15

帰宅した俺はシャワーを浴びて酔いを醒ますとPCを立ち上げた。今日は焼き鳥が美味かったのにもかかわらず、酒を控えめにしたのはこの作業のためだ。

「さて……と」

カタカタ、と書き始める。『引継ぎ』には今日のデート？　のことを簡潔にまとめ、次に原稿のファイルを開く。

今日書くのは、クオリティを上げる必要がある女性キャラクターのシーンだ。

俺はこのキャラのモデルとして、翼さんを使うことに決めていた。まんま書くわけではなく、ニュアンスとして香る、という程度だけど。

こうするメリットは二つある。一つは、実在の女性である翼さんの仕草や言動を取り入れることでキャラにリアリティをもたらすこと。

そしてもう一つは、明日以降の俺が彼女をモデルとしたキャラクターの描写を読むことで、翼さんの個性や雰囲気、俺との距離感などをなんとなく理解できるようになる、ということ。

　小説が好きな人ならわかるかもしれないが、登場人物には親近感がわくものだ。まるで実在するように、その人物の人間性がわかる。好きになったり、嫌いになったりできる。たいして長くもないただの文章の羅列なのに、息遣いや匂(にお)いまで感じるような気がする。

　俺の小説にそこまでの描写力があるのかどうかはわからないけど、なにしろ読むのは俺なので、ある程度補正されて感じることができるはずだ。

　これが、昨日までの俺から出されていた宿題。

　前向性健忘を患(わずら)ったあとに知り合った人物である翼さんとは、修や日向のようには付き合えない。毎回初対面で、概要のような情報しか引き継がれていない人物と普通に会話をするのはかなり難しいからだ。

　だから、小説に書く。眠れば彼女のことを忘れてしまうから、目覚めた朝にこれを読む。再会したときには、描写から感じられた彼女のイメージを頼りにする。彼女と接したときに『前回』との差からおかしな反応をされるかもしれない、という問題はこれでリスクが軽減されるはずだ。

　編集の熊川さんから指摘されていた女性キャラの描写力改善と合わせ、一石二鳥のプランと言えるだろう。過去の俺は、よく考えている。

カタカタ。カタカタ。

無言で、ただ書き続ける。今日一緒に過ごした彼女のことを思い出し、書く。

一番に思い浮かぶのは笑っている顔。くしゃっとしたり、ケラケラしたり、ニコニコしたり。こんなに思い出せるってことは、多分、翼さんが浮かべている表情で一番多いのは、笑顔なんだろう。

レバーが苦手なくせに、何故か俺から一口だけもらってやっぱり泣きそうになった瞳。

コモドオオトカゲに目を輝かせていた横顔。

その辺からもインスピレーションをもらい、参考にして、書く。

カタカタ。カタカタ。

別れ際には、また遊ぼうねー、ばいばーい、と子どもみたいに手を振っていた。

カタカタ。カタカタ。

それにしても、意外と変な女だったな。カフェで働いてる美人だし、パティシエールなんて横文字な仕事を志しているオシャレなパスタ民かと思ったのに、あれはないよな。

思い出すと笑えてくる。カフェではわりと洗練された物腰とのことで、デザート作りの腕もいいらしいけど、親しくなってくるとおかしなところが見えてくる。

今日初めて見たときは、俺とは遠いタイプが来たと思ったし、きっと最初に会ったときもそう思っただろう。けど。

　カタカタ。

　俺からすれば初対面だけど、彼女からすれば何回か会っている俺。

　彼女は、俺が今日の記憶を失ってしまうことを知らない。

　カタカタ。カタカタ、カタカタ。

「眠いな……」

　ぼやきつつも、俺は手を止めなかった。もうすぐ俺は眠って、今日を忘れてしまう。

　だから、書きたかった。不思議と筆が進み、スラスラと書ける。眠いけど、まだ眠りたくない。

　なんでだろう？

　いや、わかってる。それはきっと、今日得た経験を忘れてしまう前に最大限に活かすべきだという作家としての使命感。そして前向性健忘患者としての、焦燥感。

　きっと、それだけだ。きっと。

８月８日　火曜日　ＰＭ01：12

「うーむ」

　書いた覚えがないのに間違いなく俺の文体だとわかる。そんな小説を読むのは不思議な気分だ。ちょっと熱中してしまったようで、時計を見ると読み始めてから二時間近く経とうとしていた。

　喉が渇いた。あと腹も減った。

　俺はデスクを離れ、冷蔵庫を開けた。もうビールでも飲んでしまいたいけど、それはやめておく。どうやら俺には考えないといけないことがあるみたいだから。

　二リットルペットボトルの烏龍茶を取り出し、ラッパ飲みする。グラスを使うと洗い物が増えるから嫌だ。どうせ一人暮らしだしな。

　続いて、ベーコンと卵を取り出し、焼く。焼けたらパンに挟んで食う。ただ焼くだけでそこそこ美味いベーコンエッグは最近の俺の主食らしい。ゴミ箱が卵の殻とベーコンの袋でいっぱいなのがその証拠だ。

　そういやベーコンエッグってどこの国でいつごろから食われるようになったものなんだろう。ネタになるかもしれないから調べとくか。

とか考えつつ、雑なサンドイッチを食い終わるとＰＣ前に戻る。で続きだ。

「へー……」

この女性キャラクター。知り合いの翼という人がモデルらしいけど、なんか可愛いな。俺にしてはよく書けてる。元気で人懐っこいような感じだけど、そんなに女の子女の子してないし、話し方のクセやテンポから弾んだ印象があって気持ちいい。

ヤマトナデシコ的な清楚さやオーソドックスな可憐さとは違うから読者の好みによって好感度が左右されそうだけど、俺は好きだな。こういう感じ。

知り合いをモデルに書くことで女性キャラクターの描写を補強する、という試みはわりかし上手くいってるんじゃないかと思えた。

となると、残る問題は一つだ。

クライマックスにおける仕掛けである。殺人事件とかそういうことではなく、小説全体の印象をガラリと変えて、読者を驚かすようなアイディアが必要だ。

これについては、昨日までの俺も解決策を生み出していない。だから、今日の俺が頑張らないといけないんだろう。

考える。

考える。

考えて、考える。

思いつかない。なにもだ。座っているからいけないのかと部屋の中をうろついたり、外を走ったり、それでもなにも出てこない。

結局家に戻り、ＰＣの前で唸るが出てこない。

もう、いいんじゃないか、今のままでも十分イケてる。そういう囁きがどこからか聞こえてきて、従いたくなる。きっと楽になれる。それにそうして書き上げた小説だってそこそこ面白いはずだし、一応は出版もされて印税は入る。俺は延命できる。

でも、『引継ぎ』にはこう書いてあった。

負けるものか。

諦めるものか。

絶対に書くんだ。

最高傑作を書かないといけない理由、書くべき理由、書きたい理由。それが説明されたあとの行に、『引継ぎ』のラストにわざわざデカいフォントで書かれた言葉たち。

そこには、意志が感じられた。過去の俺が、悩んで、迷って、それでも出した『諦めるものか』という、悲愴だけど勇敢な決意が。

俺はそれを裏切りたくない。記憶力を失って、作家としても崖っぷちで、未来の希望なんてほとんどないけど、それでも、このデカいフォントで書かれたメッセージに反してしまえば、俺はきっと大事ななにかを失ってしまう気がするから。

考えろ。考えろ。考えるんだ。

時間が流れるのが早い。気が付けばもう日は落ちていて部屋は暗くなっている。

明かりをつけるのももどかしくて、頭を掻きむしり、うずくまって思考を架空の世界に浸す。それでもなにも……。

あ。

なんだろう、この感覚。なにか思いつきそうになった。今書き上がっている部分に違和感がある。おそらくは、この二百四十五ページあたりだ。なにがおかしい？　なにが不自然なんだ？

わからない。なにがおかしいんだ？

考えろ。例えばこの部分を違う角度から見ることはできないか？

この部分にフォーカスして、なにかを仕込む。一見あたりさわりのないこのシーンが、後半で活きるように変えられないか。展開に裏側を作り、しかし書かずに匂わすだけにとどめ、ラストシーンの主人公の独白をより強いものにすることに繋がらないか。

ぞわぞわする。なにかが、もう少しでなにかが出てくる感覚がある。上手く言葉にはできないけど、今俺の頭の中ではなにかが孵ろうとしている。

長時間集中していたためか目の奥が熱くなり、鼻血が出そうなほど考えて、頭はもう限界まで疲れているし、倒れそうだ。でもそのかいはあった。

「……いけそう……！」

ほんのわずかな希望とともに俺は顔を上げた。そして絶望する。

ＰＣのワードテキスト、その下には、現在の時刻が表示されている。

デジタル表示で02：58。つまり、真夜中だ。そして俺はすでに二十時間以上も起きていて、頭は疲労でオーバーヒート直前であることがわかる。最後まで抵抗するけど、これ以上思考を走らせるのはきっと、難しい。

普通ならそれでいい。一晩ぐっすり寝て、今思いつきそうだった『コレ』の続きを明日、すっきりした頭で考えればいいんだ。

でも、俺にはそれができない。言語化できないアイディアは引き継ぐことができないから。明日には、孵化しようとしていた卵は、俺の脳内からさっぱり消えている。

「ちくしょう……畜生……なんなんだよ!!　どうすりゃいいってんだよ……ふざけんなよ」

呻き、拳を握り、誰に対してかもわからない呪いの言葉を絞り出す。

理不尽すぎるし、哀しすぎるし、悔しい。やってられねぇよこんなもん。

また最初からやり直しかよ。こんなので締切に間に合うわけがない。

握りしめた拳でＰＣを殴りかけ、必死にそれを抑える。

暗い部屋で一人、うずくまって、感情の波が収まるのを待つ。

どれだけ時間が経ったろう。限界間近な頭は時間を正しく認識できていない。

「……わかってるさ。わかってる」

俺は殴るかわりに、静かにキーボードに手を置いた。

今日で完全なアイディアが浮かばなくたっていい。

でも一ページでも、一行でも、一文字だっていいから、意味のあることを書き残さなくちゃならない。

それを読んだ明日の俺が、ほんの少しでも前に進めるように。

この小説が、完成するように。

このクソったれな症状を抱えた男が、たしかに存在するという証明のために。

ああ、わかった。だから『引継ぎ』の最後にはああ書いてあったんだな。俺も今、とってもそんな気持ちだ。

負けるものか。

8月25日　金曜日　PM09：05

『引継ぎ』のカレンダーによると、今日は休んでもいい日だ。というか、ここ最近の俺は二週間に四日は休むというマイルールを破っているようである。

先月まではきっちり二週間に四日休んだ形跡があるのに、何故か八月の俺はすでに三週間もぶっ続けで仕事をしている。なんでだろう。ここしばらく小説に苦労してたみたいだからそのせいかもしれない。

ちなみに、そんな八月の中でも今日の俺が休むと決めたのは、午前中に知り合いらしき人物からラインがきていたからだ。

〈今日暇だったら夜、ご飯食べにいかない？　この前話してたマーボー豆腐、食べてみたいんだー〉

よい誘い方である。ダメなヤツは「暇？」と聞いてきてこっちが答えてから、じゃあ○○しよう、とか言ってくる。それだと断る理由がなくなってしまうではないか。いつ、どこで、誰が、なにを、なぜ、どうするのか。５Ｗ１Ｈを守った誘い方をしてくるこの人は、『引継ぎ』や小説からイメージしていた通り、わりと好感が持てそうな人物だった。

そんなわけで今、俺は翼さんと中華メインの居酒屋『猫猫飯店』に来ていた。この前話したかは当然覚えていないが、俺が麻婆豆腐の話をしたとすると、ここしかない。え、あそこ行きたいのかマジか、と思った。猫猫飯店はある特性を持っており、それゆえ俺は女性とこの店に来たことはないし、誘おうと思ったこともない。けど、何故か、まあいいか、と思えた。

「おー……ほんとに、すごいね。このお店」

「すげーだろ。あそこの暖簾あんじゃん。昔は白かったんだってよ」

対面の席に座る翼さんは、店内のあまりの様子に驚いていた。まず、一言でいえば古い。そして見た感じ汚い。昔、なんかのバラエティ番組で汚い定食屋を紹介するコーナーがあったけど、余裕でそれに出られるレベルだ。

それほど不潔なわけではないのだが、年季が入りすぎているのであちこち古ぼけているし、奥の席の方は椅子もガタついている。

そんなわけで、とても女性を連れてくるようなお店ではない。俺はこの店が好きなので、ドン引きされたくないし、わざわざ相手の女に不快な思いをさせることもないしな。

しかし、この翼さん。

「でもなんか雰囲気あっていいねぇ。さっきの店員さんも、なんかカンフー映画の人っぽかったし！　美味しいといいなー」

存外に、ノリノリである。

店の様子に驚いてはいたが、それは嫌悪感を伴うものではなく、なんだか目を輝かせて楽しそうだ。彼女も客商売をしているとのことだが、それで寛容だったりするのか、それとも彼女自身の特徴なのかは知らない。

「味は美味いぞ。味はな。見た目はちょっとアレだけど」

「アレ？」

「雑」

「あふれる本場感だね」

彼女は続けて、ホワチャアネイチョワリンフンホー、みたいななにやら中国語らしき言葉を発した。イントネーションとか四声の使い方とか、めっちゃそれっぽい。

「上手いね。中国語喋れんの？」

「ううん。てきとう」

「そのジェスチャーはなに？」

「ん？　かんふー！」

「それは下手だな。痙攣してるみてぇ」

「ひどい」

俺は彼女のわけのわからないノリに笑ってしまった。昼間読んだ小説に出てきたキャラは、たしかにこの人をモデルにしてるとわかる。なかなかの筆力じゃん俺。

「気を取り直して、食べよ」

「おう。なに頼んでもいいが、俺は麻婆豆腐と回鍋肉だけは絶対食うからな」

俺たちは、次々に運ばれてくる中華料理にはしゃいだ。

「これ、ほんとに美味しいね。どうやって作ってるのかな。豆板醬（トウバンジャン）が違うとか？」

さすがはパティシエール見習いというか、調理関係の職を志す人らしく、目の付け所が俺とは少し違う。感心しつつも、俺は答えた。

「ピーシェン豆板醬使ってるからコクが違うのさ！　それから花椒（ホアジャオ）、これは四川四千年の歴史が生み出した最強に薫（かお）り高い山椒（さんしょう）。あと、鍋（なべ）を振るときには三倍木（こ）の葉（は）落としっていう独特の技を使っていて、それは廬山（ろざん）の仙人が生み出したというあの」

「それほんと？」

「いや適当」

「もー」

決まってんだろ。知らねーよそんなこと。けど美味いのは間違いない。

そんな料理を食べる翼さんは、次々と表情が変わって面白かった。麻婆豆腐を含んだとたん驚いて口を押さえ感激したかと思えば、水餃子（すいギョウザ）を嚙み締めて、しみじみと満足そうに頷いたり。

だからなのか、時々辛すぎるここの麻婆豆腐も、気が付くと綺麗（きれい）になくなっていた。

最後にはデザートまで食べて、俺たちは店をあとにする。

駅まで歩く道のり。俺の家とカフェ『ＢＬＵＥ』の最寄り駅は同じだが、翼さんの家はそこから三駅離れたところで、『猫猫飯店』はその中間にある。たいした距離でもないので、タクシーを使ってもいいかも、と思ったが、俺は歩きたかった。

月や星が綺麗だったり、風が気持ちいいわけでもない、曇りの空の熱帯夜に商店街を歩く俺。

翼さんは、そんな俺の数歩前を踊るような足取りで歩いていた。酔っているのか、なんか意味不明な鼻歌も歌っているが、どうせそれも適当なんだろう。俺はボイスパーカッションでも合わせてみようかと思ったが、多分下手なのでやっぱりやめておいた。

「最後に食べた杏仁豆腐（アンニン）がねぇ」

不意に、翼さんが振り返った。俺は、ポケットに手を入れて、ダラダラ歩きながら答える。

「ああ」

「あれさ、果肉も入ってたんだけどなんか食べたことのない味だった。なんていうか、アプリコットの味が強烈で、でも柔らかくて、スッキリしてるのに美味しい後味は残っててさ。感激した」

アプリコットってなんだっけ。とポンコツな頭を検索する。アプリコット・ブランデーってあったな、そういえば。あんずのことだっけ。あー、杏子な。ああそうか。考えたことなかったけど、杏仁豆腐って杏子が入ってんのかな。

きっと、製菓の世界では一般的な用語なんだろうな。アプリコット。

「へぇ。翼さんが言うんならホントに美味いんだろうな。俺は食ったことないけど」

「一口あげるっていったのに」

「飲んでるときは甘いものはあんまり食べねぇんだよ」

間接キスを気にする童貞みたいなそぶりを見せたくなかったんだよ。

「で、杏仁豆腐がなんだって？」

「ん。ホントに食べたことがない感じで、あぁいう感じ、作れないかなぁって思ってた」

「へぇ」

俺は、あっさりした返事をしたけど、彼女に感心していた。クソ暑い八月の空気を一瞬忘れてしまうくらいには。

「アプリコットのタルトとかって、意外と難しいんだよね。ツンツンした感じの味になるから」

「へー」

「ああいう感じに風味が出せたら、美味しいのができると思って」

「……へぇ」

そういう風に考えるもんか。

俺にとっては今日初めて会ってメシを食っただけの美人な女性。仕事のことは情報としてしか知らない彼女がそんなことを言ったのに、俺は意外と驚かなかった。なんとなく、しっくりとくる。

「へえ、ばっかり」

翼さんは足を止め、前かがみになって俺を見上げた。

「いや、真面目(まじめ)に聞いてるぞ」

「ふふ。知ってる」

なにか面白かったか今。

俺が困惑していると、翼さんは一度、んー、と声を出してのびをして、星の出ていない空を見て言った。

「そいで、食べた味を思いだしつつ、試作品を作ってみようと思ったりしたよ」

試作品というのがタルトなのかケーキなのかは知らない。でもきっとそれは明日以降作るんだろう。何度か失敗したり、やり直したり、それで目指す味に近づくのだろう。

それがわかった俺は、すぐに相槌(あいづち)が打てなかった。そうできる彼女が、そう思える彼女が眩(まぶ)しくて、言葉に詰まった。でもなんとか絞り出す。

「……へえ」

「またー？」

「……いや。そういうのって、いいんじゃねぇの、って思った。わりとマジで」

　何故だか、泣きそうになった。でも、実際には涙を流したりはしない。俺はタフガイだし、こんなことでそんな反応をするのはどう考えてもおかしい。だから、横を向いて、軽く洟を啜るふりをしてから続けた。

「そんな感じで、経験とか挑戦を繰り返した料理人とか菓子作る人とか、大工さんとかもか。まあ、いろんな人が、もっといいものを作ってくんだろ。いいことだよな」

　翼さんはそんな俺を見て、柔らかく笑った。

「ありがと。でもきっと、そんなに特別なことじゃないよね。みんな、そうだと思うな」

　みんな？　それは物作りをしている人のみならず、サラリーマンや公務員や学生や専業主婦も、ってことだろうか。

「そうか？　極端な話、ニートの人とかは別になにも生み出しゃしねーだろ」

「そうかなぁ。だってさ。生きてると、毎日いろんなことしたり、いろんなこと考えたりするでしょ。美味しいもの食べたり、誰かと付き合ったり、別れたり、面白い漫画読んだり。そういうのが繋がって、積み重なって、そいでそれが誰かに伝わったりして……こう、なんていうか、こう、生きてる！　みたいな。そういう感じだよね」

　彼女の発した言葉。やたらと指示語が多くて、上手く言えてなくて、でも、言わんとしていることはわかる気がした。

人はきっと、昨日までを引き継いで、今日を生きて、明日に残して生きていく。今日までに紡いだすべての昨日が物語となり、明日のその人へ贈られる。ニートの人だって、たとえ他人には見えにくくても日々考えていることや想うことがあって、誰かと関わって、それがその人を形作っていくんだろう。そうして皆が、生きている。生きていく。

きっと、翼さんは、誰もが意識すらしないそういうことを、素晴らしいことだって知っていて、大切に思ってる。

だけど。

『生きていると』。彼女はそう言った。

そうすると、俺は、死んでるんじゃないのか。俺は今日初めて食べたあの店の青椒肉絲の味も忘れてしまう。書き残すことはできるけど、味覚としても、食べたときの衝撃としても残らない。誰かに伝えることもきっとできない。だから、明日に繫がりはしない。

「アキラくんだって、そうだよ」

まるで、今思っていたことが悟られてしまったかのようなタイミングだった。

いつの間にか前ではなく隣を歩いていた彼女は少しだけ歩みを遅くして、はにかみながらそう呟いた。そして、一度頷いてからさらに言葉を重ねる。

「うん。そうだと思う」

　穏やかで温かい、祈りに似た響きに聞こえた。それは俺の錯覚なのかもしれないが、俺の感情をウェットにするには十分で、だから隣にいる彼女の顔が見られなかった。だから前を向いたままでいる。

「……まあ、俺は一応小説家だからな。そりゃ、毎日が取材と構想の日々ってヤツよ」

　思ってもいないことを口に出す。

「そ、そうだよね」

　おう、と答えた俺はこの話題を切り上げることにした。少しの間が空き、俺は中華を食ってるときから聞こうと思っていた質問を思い出す。

「そういえばさ、翼さんって彼氏いんの？」

「え。いないよ。なんで？」

　彼女は顔の前で手を振って、頬を赤らめた。暑いね、と小さく呟いてもいる。

「いや。もしそうだったら今後メシとか誘うのもどうかと思ってさ」

「あ、そういうこと。大丈夫だよ」

「華の二十代なのにな」

「アキラくんって、ときどきオジサンみたい。……でも、好きな人はいるよ」

　まじで、と横を向くと彼女は目を伏せ、俯(うつむ)いていた。悲しんでいる、という感じではなく、どこか幸せそうに見えた。大事な想いを確認している、という感じかもしれない。

好きな人、っていう単語を久しぶりに聞いた気がする。大人になると使わないもんな、それ。成人したあとは、なんか流れで付き合ったりしがちだもんな。

それにしてもこれは、ラブコメでいうところのアレか。好きな人ってのは実はお前のことだよ、気付けよ！　というパターンか、と一瞬だけ思って体を硬くした俺だったが。

「一年くらい前に振られちゃって、だから今はずっと片思いなんだけどね」

へへ、と照れてみせる翼さんは可愛らしかった。実年齢よりも幼く見えて、ピュアな感情にこっちまで恥ずかしくなる。

そうですか。そんなに前からですか。あ、もしかして田中さんか？　翼さんはボーディーズの常連らしいし、あの人モテるからなぁ。いや違うか。引継ぎによると翼さんは俺と偶然会って知り合ったあの夜に初めてボーディーズに来たみたいだし、それはまだ数か月前に過ぎない。一年くらい前に振られるのはデロリアンがないと無理だろう。

「へぇ」

「また」

同じ返事ばっかり繰り返す俺に翼さんは苦笑した。そして俺はそれ以上彼女の恋愛事情に突っ込むことはしない。

翼さんはいい子だと思う。綺麗だし、話していてわりと楽しいし、それに……。

まあいいか。けど、そんな彼女には好きな男がいて、でもソイツには振られていて、なのにまだソイツのことが好きで、つまるところ上手くいってないわけだ。

「ままならねぇもんだ」

「ままならねぇもんさ」

ポツリと呟いた俺と、芝居がかった口調で笑って答える彼女。

ほんと、ままならねぇもんだ。

8月28日　月曜日　PM06：20

木のいい香りが漂う室内に座る全裸の男が五人。

一番奥の最上段に座っている中年男性には見覚えがある。ということは、彼は二年以上前からここに通っているのだろう。一番熱くなるあの席に慣れた様子で座っていることを踏まえて考えても、彼がトッププロサウナーであることは明白だった。

入り口に近いあたりの一段目に腰かけている大学生くらいの二人組は、やっべ、まじやっべ、と連呼しているが……ああ、もう出るのか。あれはサウナーではないな。体験入門だ。

　で、残りの二人。つまり俺と修はその空間のちょうど真ん中あたりの二段目で汗を流している。まあ、セミプロの域には達しているんじゃないかと思う。

　ちなみにサウナーっていうのは、サウナを愛し楽しむ人たちの俗称である。

「ふう……」

「はあ……」

　あと五分ほどは粘りたい。サウナ室は十分に体を温めて、粘度のないサラサラの汗が出た段階で出るのが一番なのだ。

　それにしてもあのオッサン、俺たちより前から入ってるよな。すげぇ、とか思ってたら彼は立ち上がりサウナ室をあとにした。あの貫禄からすると、流れるように水風呂に直行するのだろう。

「そういえばさ」

　サウナ室の中に二人しかいなくなったからか、修が口を開いた。

「あん？」

「この前のあれ、どうだった？　映画観に行ったんでしょ」

　ああ、あれな。サウナ内では時々こうした無駄話で時間を潰すことがある。俺は顔の汗を拭いながら答えた。

あちぃな。

「なかなか意外性があったっていうか、変わった女みたいだぜ」

引継ぎに書いてあったことを話す。そのあと小説の描写に活(い)かしていて、わりと筆が乗っていることもあわせて。

あちぃ、そろそろキツイ。

「ふーん。たしかに、ちょっと面白い子だね」

「おう。お前は？　フィンランド人の彼女とはどうなんだ？」

「あー。それ、もう引継ぎに書いてあったのか。まあ順調だよ。明日も会う予定あるし」

「どっか行くのか？」

「東北。っていっても学会があるからだけどね」

修は俺の知らない間に、いや違うか、俺は忘れてしまったけど、最近気になる女ができて、無事その女と付き合うことになったらしい。留学で日本に来ているフィンランド人なのだそうだ。

それにしても熱いな。

俺はそのフィンランド人を写真で見たことはあるらしい。金髪で儚(はかな)げで天使のような美女だったと、他ならぬ俺自身が書いていた。

それにしてもコイツ、本人が優男系のイケメンで科学者でスポーツもできて、服のセンスとかもいいらしく、おまけにそんな彼女がいるとかなんだそれは。どこにむかってんだよ神にでもなるつもりかよ。

おっと。落ち着け。深呼吸だ。

すう、はあ。修の学会の予定を聞きながら、呼吸器官には熱風が吹き込んでいくのがわかる。体内すらも熱い。室内に充満する木の香りとハーブのアロマは心地よいが、熱い。暑いっていうか熱い。

修の方にちらりと視線をむけてみる。モデルのようにスラリとした体形に甘いマスク。濡れている髪は汗のはずなのに、水も滴るなんたら、っていう慣用句が頭に浮かんでしまった。

「……ちょっと話戻るけどさ、アキラ」

しかし腹筋は俺の方が割れてる。そうとも、とりあえずそれでいいことにしよう。

「なんだよ」

「アキラはその子、えっと、翼ちゃんのことが好きなんじゃないの？」

「はあ？」

何言ってんだコイツ。そんなわけないだろ。そう思ったのでそのまま答える。

「そんなわけないだろ」

「なんで？」

「俺はその女の顔を今思い出せもしないんだぜ。仮にこのスーパー銭湯の休憩室で偶然出くわしたとしても、気付きもしないかもしれない」

『引継ぎ』と彼女をモデルにしたらしい小説の描写のおかげで、大体の特徴や俺との距離感はなんとなく把握しているが、それだけだ。そんな女にどうやって惚れられるというのか。

「毎回初対面だぜ。俺が一目惚れとかすると思うか？」

「いや、アキラはしないだろうね」

「だろ」

修は俺の過去における女性遍歴を知っている。と言っても、それほどたいした話ではない。

大学生のとき、俺は二人の女性と付き合ったことがある。どっちも、相手の方から好意を持ってくれて、とりあえずまあ付き合い、それなりの進展があり、しかし相手の方から別れを切り出された。

俺は人並みにスケベ野郎だが、女性と付き合うのは苦手なのかもしれない、と気付いたのもそのときくらいだ。性欲はあるが、恋愛欲求はない、とでもいえばいいだろうか。

基本、女性と話しているときはかなり気を使ってしまう。こちらのリードが期待されている気がするし、牛丼屋に行ったら不満を持たれそうだし、趣味が合うこともあまりない。そしてメシを食うのが遅く、買い物は長く、女心とやらを理解する必要もあるそうだ。勝手に考えすぎだろと言われるとその通りだし、俺より早食いの女性だっているのはわかっている。だが要するに俺は女性と一緒に行動するのが面倒くさいのだ。しかしそう思ってしまうのは失礼なことだし、伝わった女性からすれば不快だろう。だから、そんな気持ちを表に出して悟られないよう努めるし、適度な距離を保つために注意を払う。そしてまたそれが面倒くさい。

だから。女性を見て可愛いとか美人だとか思うことはあるが、実際問題親しくなりたいかと言われるとちょっと微妙。

理想を言えば、特定の恋人がいるよりも、ときどき遊べた方がいい。

うん。いい感じに最低である。だから女性の描写が下手なんだ、多分。

もっと言えば、依頼主のミステリアスな美女の命を救ったことで惚れられて、短くも激しいロマンスが週替わりに展開されるのが理想だ。もっとも、俺は六〇年代のアメリカの私立探偵でもなければ、九〇年代に新宿に住んでいたもっこり自慢のスイーパーでもないので、無理な話だ。

そんなわけで、俺はそもそも恋愛というものが苦手だ。そんな俺が、こんな状態で一目惚れなどするわけがない。

しかし、修はまたしても妙なことを言った。

「いや、だからさ。一目惚れじゃないんじゃない？　実際は何回か会ってるわけだし」

「覚えてねぇのに？」

「それは脳だけの話だろ？」

修は腕の筋を伸ばすストレッチをしつつ呟いた。表情を見るに、冗談や適当を言っているわけではないらしい。

「そりゃ脳だけの話だと思うけど、それがなんだよ」

「んー。例えばさ、臓器移植を受けた人の趣味や嗜好が変わったって話、聞いたことない？」

なんか急に話が飛んだ。そして一瞬ついていけなかった。これは俺も熱さで限界が近いようだ。

しかし、少し考えてみると修の言わんとしていることがわかった。

何かで読んだが、こういうことが世の中にはあるらしい。

ある男が臓器移植を受けた。もともとその男はベジタリアンだったが、臓器移植後はフライドチキンが大好きになった。あとからわかったことだが、この男に臓器を提供した人物の好物はフライドチキンだった。

つまり、臓器が記憶していた、というような話だ。これを踏まえて修の言いたいことを先取りしてみる。

「ああ。あるよ。もしかして脳は覚えてなくても、心臓（ハート）は恋を覚えてる、みたいな話か？」

「さすが作家。よくそんなキザなフレーズを即座に思いつくね」

「うるせぇ」

「はは。まあ、心臓なのかどうかはわからないけど、本人が意識できない部分で何かを覚えてるってことはありえなくはないと俺は思うよ」

「それはないんじゃねぇの」

「例えばさ、今のアキラに『毎日、ビールを飲もうとするたびに電流を流し続ける』っていう実験を繰り返したら、電流を覚えてなくてもビールを見たら震えるようになったりするんじゃないかな」

「さすがは科学者。よくそんな残酷な実験を即座に思いつくぜ」

「ははは」

「ってか、仮に今の俺が女を好きになったとしても、だからなんだってんだよ。上手くいくわけねぇだろ」

「それはどうかな。相手にもよるし、アキラの考え方次第じゃない？」

いやそうだろ。覚えてられないんだぜ。思い出を積み重ねることもできずに、ラブロマンスが育めるとは思えない。ちょっとくらい付き合ったりしたとしても、そう長く続くわけがない。第一、こんな状態にある男に、ちゃんと普通に生きている女性と恋仲になる資格があるはずがない。そんな中で俺がどうこうしようとするはずがない。

「ところで修」

「うん」

「限界だ。おさきに」

「いや俺も出るよ」

俺と修は、ローストされた体と湯豆腐のようにグラつく頭に限界を覚え、サウナ室のドアを開けた。

ここのスーパー銭湯のサウナは露天エリアにあるため、サウナ室を一歩出ると外気がダイレクトに体に当たる。

これが超気持ちいい。超。

「あー……」

思わず爺さんみたいな声をあげてしまった。湯気が立つ体に当たる風は心地よく、なんでもない空気のはずなのに、まるで高原のそれのように爽やかに感じる。

間髪入れずに冷水のシャワーを浴びて汗を流すと水風呂に突入。

「おー……」

ここの水風呂は十四度。肩まで浸かってバシャバシャと顔も洗う。ヒンヤリと冷たい感触が火照りきった体に染みわたっていく。急に思考がクリアになり、悟りでも得られてしまいそうな閃きが……。

「あ」

　思いついたかもしれん。

「ふう。やっぱり水風呂はいいよねー……。あれ、アキラ？　どうかした？」

「待て。なんか浮かびそうな気配が」

「おっ。小説の？」

「……」

　悪いけどちょっと無視。修は俺が時々そういうことがあるヤツなのをわかっているので、俺に話しかけるのはやめて、ただ水風呂を楽しんでいた。

　あれだ。まずはあれをこうするだろ。そしたら最初のあたりで書いたあそこが伏線になるだろ。で、こうするだろ。そうすると今までの描写が全部ひっくり返るだろ。そこでアイツにこういうセリフ言わせるだろ。二章前のあそこのところで読者はこう思いこんでるから、気付かないだろ。そんで……。

　いいかもしれない。執筆中のあの小説のクライマックス。トリックを仕掛けた大どんでん返しを入れようと思っていたあそこ。イマイチ驚きが足りない、もっとインパクトのある仕掛けをかましたい、熊川さんには言われており、俺もそうしたいと思いながらも悩んでいたあそこ。

そこを突破するとっかかりが摑めた気がする。まだアイディアと呼べるほどはっきりしたものではない、小さな火花に過ぎない思い付き。でも、これを火種として練り上げれば、大きな炎になるかもしれない。

「いけそうだ……！」

「へぇ、よかったじゃん」

やっぱりサウナはよい。一種のトランス状態に入れるという説があるだけのことはある。

よし、もう二、三回サウナと水風呂を往復して、少し考えを整理したら、いつも持ち歩いている手帳に書き留めて、家に帰ったらＰＣにも保存しておくとしよう。

それにしても、たった一日で前向性健忘を受け入れ、その上これを思いつくとは俺結構すごくねぇか。これを読んだ明日の俺は、多分驚くぜ。

９月５日　火曜日　ＰＭ08：10

「えー、であるからしてー……」

　校長先生の話すことのテンプレみたいなフレーズを壇上から話している人物は、教師ではなく会社員である。まあ、俺とは関係がなくもない。

「すなわち業界の今後がー……」

　名前は忘れたが、彼は俺が本を出している出版社の偉い人である。

　今日はこの出版社が主催している新人賞の授賞式だ。都内のわりと豪華なホテルの宴会場で行われているそれに参加するのは、四回目だった。ただしそのうち二回は記憶にない。

「そして最後にもう一つ」

　いいから、早く以上をもちましてお前の挨拶に代えて乾杯しろ。そう思いつつ俺はあたりを見回した。

　顔を見たことのある作家や編集者も結構いるが、全然知らない人もいる。ここにいる人たちの多くは広い意味では同業者なのだが、彼らとは年に数回あるパーティでしか会うことはないし、『初めまして』な人も相当数いる。だから、俺が今の症状を抱えている限りは、どれだけパーティに参加しても顔見知りが増えることはないのだろう。

　本当は知り合っているのかもしれないが、それをすべて引き継げるわけではないからだ。

　そんな俺が何故パーティに参加しているかというと、単に古い知り合いと久しぶりに会うためとタダメシを食うためだ。コネを作って次の仕事に繋げることができるバイタリティある作家さんもいると聞くが、少なくとも今の俺にはそれは不可能だ。

　もちろん、そんな中でこんなパーティに来るくらいだから、今日の分の仕事は目処が立っている。ここにむかう電車の中でクライマックスのアイディアを完全に手帳にまとめたので、あとで一度読み返したらスマホで写して、家のＰＣに送っておこう。

「では乾杯！」

　おっ。終わったようだ。俺はグラスに注がれて少し温くなったビールを一気飲みし、料理を取る作業に入った。これは初動が大事なのである。別に原価が高い料理ばかり取りたいのではなく単に今食べたいものを取るだけだが、出遅れると並ぶことになり、結果、食べるのが遅れる。俺は腹が減っているのだ。

　ローストビーフとエビチリ、なんか白身魚を焼いたヤツ、ステーキ、ポテトサラダを皿に盛り、新しいビールをもらうと円卓の一つに置いた。とりあえずこれで一安心だ。

「あ、岸本さん、久しぶりですねー」

「あ、お久しぶりです。万里小路さん」

先輩や同期の作家と適当に談笑し、最近の筆の進み具合をお互いに聞いたりする。俺は自分の症状が誰にどこまで知られているのかわからないので、その辺は濁しつつ彼らとの会話をそれなりに楽しんだ。

「あれ、花井さんは今日来てないんですかね？」

「え、知らないんですか。花井さん、小説やめちゃったそうですよ」

そんな会話もちらほら。

作家というのは不安定な仕事だし、売れっ子じゃなければそれほど儲からない。もっと言うと、売れなければ出版社から切られてしまうこともあり、収入がなくなったりとか、嫌気がさしたりとかでやめる人もいる。

俺だって他人事じゃない。このパーティには、来年は呼ばれないかもしれないという恐怖はいつだってあったし、今回はひとしおだ。

ちなみに今話している万里小路さんという若い女性は、恋愛小説を書いていて、結構売れているのだが、作家として生き残れるかということをいつも不安視している人だ。が、まれにそういうことをまるで心配していない人もいる。

「やあ、若手作家のお二人！」

例えば、今、俺に寄ってきたこの人なんかがそうだ。薄くなった髪を上手く流して頭皮が見えないように計算しつくされたヘアスタイルと、いつもニヤニヤしているように見えるタレ目が特徴的なこの人は、記憶にある姿とあまり変わっていない。スーツが高級そうなのも、デカいゴールドの腕時計をしていることも、美人作家で知られる万里小路さんに絡むのが好きなのも変わっていないようだ。

「ああ、こんばんは。華沢先生」

普通、作家同士では『先生』なんて呼び方はあまりしない。でもこの人のことをみんながそう呼ぶし、この人もそれを喜んでいるように見えるので俺も別に逆らわない。万里小路さんもそれは同じで、彼のグラスにビールを注ぐ。

まだ残っているグラスに注ぎ足すとビールが不味くなるし、ペースも乱れると思うのだが、世の中にはこれをされるのが好きでたまらない人がいるのだ。

「最近はどうだい？　万里小路くんは、新作進んでるの？　どんな話？」

「はい。おかげさまで、もう少しで脱稿できそうでして今度は就活中の大学生男女の……」

「そうそれはよかったね。ところで僕の新刊、もう読んだ？」

このオッサン、マジで人の話を聞かないなぁ。こんくらい押しが強い方が作家としてはいいんだろうか。

「え、えーっと、まだ、その……」

万里小路さんは言葉を濁した。まあ、多分読んでないんだろう。ちなみに俺も読んでない。記憶がないのではない。読んでいない、と断言できる。新刊どころか三巻以降は読んでない。

「そうなの？　じゃああとであげるよ、マネタンの八巻」

「は、はあ……」

オッサン。改め華沢誠『先生』は超、売れっ子作家である。デビュー作にして代表作の『マネージャーが探偵で』シリーズが大好評発売中で、八巻まで出ているそうだ。『マネージャーが探偵で』通称『マネタン』。これはアイドル事務所で男性アイドルグループのマネージャーを務める女性が主人公のライトミステリであり、主人公とアイドルたちの恋愛模様も描かれていた。こういうタイプ、つまりは専門職の探偵や刑事以外の職業の人物が探偵役を務めていて、恋愛要素があって、泣ける話は最近流行りのスタイルで、読者層が広い。

ちなみにどこかのアイドルグループの誰かが、ＳＮＳで呟いたことがきっかけでブレイクし、今では実写化も漫画化もされている。実写の方はイケメン俳優をずらりと揃えてヒットし、漫画の方も有名なＢＬ系の漫画家が手掛けて大ヒットしていて、グッズの売れ行きも素晴らしいことになっているらしい。羨ましい話だ。俺も、小説の登場人物について『誰派』とかファンに論争してもらいたいもんだ。

「そうだ。このあと二次会行くかい？　僕のところはお偉いさんが銀座のバーを予約してくれてるんだけど、万里小路さんもこっちにきたらいいよ」

俺もいるんだけどね。ここには。

「え？　でも編集長が二次会の居酒屋を予約してあるって」

「どうせ安居酒屋さ。最近ケチなんだよねぇ。まあ、僕のマネタン以外に近頃ヒットがないから仕方ないのかもしれないけど」

おお、キツイ。まあたしかに万里小路さんはともかく、俺のはヒットはしてないけどさ。

にしてもすげぇなこの人。作品同様コテコテだぜ。どこかで見たことのある嫌な偉いオッサン。どこかで見たことのあるトリック。でも、少なくとも後者はあんまり叩かれていない。まあ、彼の作品のファンの人は他の本はあまり読まないらしいし、要はやり方の問題なのだろう。

「いえ、それは悪いですし……」

「大丈夫大丈夫！　ね？　タクシーチケットももらってあげるから」

万里小路さんが縮こまると、華沢先生は彼女の肩を強引に抱いて引き寄せた。

ふう。仕方ないな。

「華沢先生、俺にも構ってくださいよ」

俺はそう言うと、華沢先生と万里小路さんの間に割って入るようにして、その隙（すき）に万里小路さんは彼の腕から離れた。

「ん？　えーっと、君は……岸本、レイくんだっけ？」

この人は、何故か俺の名前を覚えない。それどころか、初めて会ったときからなんだか嫌われているような気がする。こんな下っ端（したっぱ）で、しかも作風的には絶対に被（かぶ）らないような若手に対してなんで反感を持つんだろう。顔が気に入らなかったりするんだろうか。

「いや岸本瑛です。読みましたよ、新刊。今回もすごいトリックで、驚かされました。それになんといってもキャラがよくて、きゅんきゅんしました」

俺は名乗りなれていないフルネームのペンネームを紹介し、ビール瓶を手に取った。

「ささ、どうぞどうぞ。お強いって聞いてますよ」

今さっき注がれたばかりなので、彼のグラスはまだそんなに減っていない。が、こうされると少しは飲んでくれる。注ぐスペースを空けないといけないからな。

「乾杯」

俺はそう言ってグラスをぶつけ、自分の分は一気飲みする。なんの対抗心なのかわからないけど、彼は俺に流されてかなり飲んでくれた。万里小路さんの手前、ってことだろうか。

「おお、流石（さすが）です。ではもう一杯」

さらに注いで、自分の分も注いで、また一気飲み。ま、ビールだしな。っていうかなんでこの人、無理して飲むんだろう。酒が強い方がカッコいいなんてことはまったくないのに、バカバカしい。

さらに注ごうとすると、さすがに渋い顔をされた。そして汗がにじんだ額をブランドもののハンカチで拭いつつ、口を開いてくる。

「ううむ……。岸本くん、ところで、君の本、読んでみたよ。あれだね、若いのにずいぶん古臭い文体だね。今どきハードボイルドもないと思うよ。もっと売れ線を意識しないとね」

とっさに思いついた話題がそれだったらしい。

「はあ」

間違ったことは言ってないと思うけど、俺はハイ、とは答えない。せいぜい、ほお、とか、ふう、とかだ。

「若い人がもっと売れてくれたらいいんだよね。最近、新刊の催促がひどくて。他の売れない本をカバーするためっていうのはわかるんだけど、なかなか難しいよ、ははは」

なにがすごいって、この人は悪気なく言ってるんだろうな、ってことがわかるのがすごい。

「参考にさせていただきます。あ、そういや、向こうの方で先生のドラマに出てた女優さんが先生探してましたよ」

もう面倒くさくなったので、ゲストで来ているはずの女優さんの名前を出し、さらりと嘘をついてみる。いいんだよ。作家は嘘をつくのが商売だし、向こうは誰かしらがガードしてんだろ。

先生は、早く言いなさいよ、とまくし立てると立ち去っていった。ちょっとふらついてるけど、大丈夫なのかねあれ。あとでトイレで汚物をまき散らさなきゃいいけど。

「……岸本さん、ありがとうございます」

黙っていた万里小路さんは、しずしずと歩み寄ってきて、ドレスの裾を握ったまま礼を言ってきた。しゅん、とすまなそうにしている。

「え、なにがですか？」

あのハゲ親父から救ってくれて、っていう意味なのはわかっているが、俺はあえてそう答えた。ハードボイルドなタフガイとは、女性をサラリと助け恩着せがましくはしないものなのである。ただ、バレないように一人脳内で、今の俺カッコよくね⁉　とはしゃぐだけでいいんだ。

「あ、俺ちょっとトイレ行ってきます」

他に人も集まってきたので、もう大丈夫だろう。俺はそう告げると円卓を離れた。

ちょっと飲んだし、忘れそうなので用事は早めに済ませておいた方がいい。で、トイレで手帳読み返しながらうんこして、第二陣の料理を取ってもう少し飲むとしよう。

９月７日　木曜日　ＡＭ11：00

『引継ぎ』は読み終わった。完成したプロットも読んだ。

これは、すごいぞ。プロットを見る限りは衝撃的な展開で熱い。よし、書いてやる。今からこの俺がこの小説を書いてやる。

終盤の展開を変えたことで、小説全体を大きく改稿する必要があるし、ある意味最初から書き直すみたいなものだ。書きかけている十万文字近い原稿はほぼ全部ボツということになるが、それでもかまわない。面倒くさがりの俺が、そこまで思えた。

一行目を、書く。指先が自然にＰＣのキーに吸い付いていく。近くでやっている道路工事の音がいつの間にか聞こえなくなり、ただ、頭の中にあったものがテキストに姿を変えていく快感だけが響く。まるで、オートマティックの執筆機械にでもなってしまったかのように、速い。

不思議な感覚だった。

仏師は、木の中に彫るべき仏の姿を見出し、木を削ってそれを出してあげる感覚があるというが、もしかしたらこれはそれに近いのかもしれない。

この物語は、すでにある。世界のどこかに、いつかの時代に。それをただ彫り出しているだけ。

論理的に考えればそんなわけはない。小説を書くというのは、形を決めて、それにそって言葉を積み上げていくことのはずだ。そのはずなのに、逆に感じる。そぎ落として形を現していくようなこんな感覚は、初めてだった。いや、初めてに思えた。

なんでだろう。例の症状のせいでプロットに時間をかけすぎて、無意識下に物語が定着してしまっているからだろうか、それとも。

いや、もうどうでもいい。俺はただ書く。彫るように、むき出しにしていくように、顕在化させていく。もう、キーを叩く音さえも消えてしまった。

書く。書く。書く。

「お兄」

書く、書いて、消して、書いて。読んで、書く。

「お兄」

そうか。ここの描写はカットでいいな。無駄なものはいらない。一文字たりともだ。進め進め、もっと早く、さらに速く、ずっと高く、はるか先へ。

エンディングにむけて、進め。

「お兄ってば！」

肩をゆすられ、俺はいやいや帰ってきた。別に気が付いていなかったわけじゃない。悪いな、とは思いつつ、もう少しだけ、と思って無視していただけだ。いいところだからほんの五分くらいいいだろ。振り返れば、そこには見覚えのあるようなないような女がいた。

「……おお。え、日向、か……？　お前、変わったな。ちょっとびっくり……」

「それはもういいって言ってんじゃん。……なんかすごい書いてたね」

日向は大袈裟に溜息をつき、両の手のひらを上にむけて『やれやれ』あるいは『OH、NO……』のジェスチャーを取った。なんだそれアメリカのシチュエーションコメディか。

「ああ、そうか今日木曜か。毎週来てくれてんだって？　どうもな」

「そーだよ。なのになんで一時間も無視してるし。なんなの？」

「す、すまん……」

「暇だったから漫画二冊も読み終わったし」

「だからすまんって」

「ありえなくない？　あとなにその変なTシャツ。蛇？　意味わかんないし」

日向の悪態は止まらなかったが、あまり怒っているようには見えなかった。拗ねているようでもあるが、これはなにか笑いそうなのを我慢しているときの顔だ。二十年付き合っている兄にはわかる。

「で？　今日はどうする？　なんか買い物とか用事あれば付き合うけど」

「あー……、そうだな」

動かしてこそいないが、指先はキーボードに触れたまま、俺は思案した。俺のここ二年間の生活がなんとか回っているのは、日向の助けによるものが大きいのだろうということはわかっているし、生活必需品だとか税金関係の手続きだとか、なんかの支払いとか、そういう用事はきっとある。しかし、俺は今日は外出したくなかった。この、俺の目の前にある画面の中で広がりつつある世界にだけ、浸っていたかった。

「……なに。なんも用事ないわけ？　だったら来なくていいって連絡しろし」

「すみません」

あ、今はちょっと怒ってるな。まあこれは明らかに俺が悪いから仕方ない。

それはつまりだな、スマホがだな、と言い訳を口にしかけたがやめた。すると日向はまたわざとらしい溜息をつき、冷蔵庫を開けた。俺も今日初めて中を見たが、驚くほどなにも入っていない。ビールとチーズしか入っていない。ゴミ箱はインスタント食品の山である。どうやら俺はここしばらく引きこもりだった模様だ。

「はあ、これだから男の一人暮らしは」

「う、うるせぇ。男の一人暮らしがどうとか言えるくらい男知らねぇだろお前は」

「ぐ。お兄に言われたくないし。彼女できてもいつも相手の方から振られるくせに」

兄妹（きょうだい）の間に流れる何とも言えない沈黙。お互い完全に図星をつかれたので何も言えないのである。意外にも、それを破ったのは日向だった。

「……まあいいや。じゃあ、適当に食べ物とか買ってくるよ」

なんと。コイツ、大人になったなぁ……。しかもなんかゴミをまとめ始めてもいるぞ。おおすげぇ、これならそのうち彼氏くらいできるだろう。

「俺も行くか？」

「いい。どうせずっと小説のこと考えてるじゃん。なんか久しぶりにノリノリで書いてたみたいだし？　……せっかく来たのになんもしないで帰るのもなんか嫌だから」

「いや、でもさすがにそれは悪いような」

「今さらなにを。……で、なんか必要なのあるの？」

唇を尖（とが）らしぶすっとしている日向だが、それはそれで子どもらしくて可愛くなくもない。それになんだかんだでコイツは本当にいいヤツだよなぁ、と思う。

「じゃあチーズバーガー二十個買ってきてくれ。あと新しい手帳」

「なにそれ」

「チーズバーガーは今三つ食って、残りは冷凍しといて明日以降はレンチンで主食にする。手帳は前のヤツなくした」

「少しは自炊して、野菜も食べなよ」

「めんどくせぇ」

「ダメ人間だ。仕方ないから、他にもなんか材料買ってきて作り置きしとくよ。ゴーヤーチャンプルーとか八宝菜とか」

「おお、いいな。なんだお前、今日ちょっと優しいな」

「は？　別にそういうアレじゃないし。今料理練習中ってだけだし」

「あ、そ。じゃあよろしく」

「うぃ」

ここのうぃ、は男がやりがちな雑なうぃー、ではなくフランス語チックな方のヤツだ。なんだコイツ第二外国語ではフランス語でも取ってんのかね。ところでそろそろ俺執筆に戻っていい？

「ん。じゃあ行ってくる。……書きたいんならさっさと書けばいいじゃん」

「おう！　よろしく頼むぜ！」

「うわ。腹立つ」

言外に出ていけ、と言わんばかりのいい笑顔をむけたであろう俺に対し、日向は腕を組んで肩をすくめた。

「んじゃこれで。お釣りはいらねーから」

　俺が万札を三枚渡すと、日向は少し戸惑った表情を見せた。

「……む。気前がいいじゃん」

「おう。金で解決するのが大人だぜ」

「汚い大人だ」

「いらんのか」

「いる」

　簡単に会話を済ませると、日向は笑顔になり、やたらと浮かれた足取りで部屋を出て行った。

　もちろん、日向が嬉しそうに出て行ったのが金銭的に得をしたからってだけじゃないことを俺は知っている。ゴーヤーチャンプルーや八宝菜をわざわざ作るほど料理が好きなわけじゃないこともだ。

　じゃあ何故？　簡単だ。アイツは優しいヤツだし、俺が小説を書くのを好きなことも、最近書けていなかったことも知っているから。

　そして多分日向も知っている。俺が金を渡したのは、怒っているアイツをなだめるためではなく、ただ感謝を示したかったってことも。まあ兄妹なんていうのはなんだかんだ言ってもそんなものだ。

さて執筆に戻る。ひたすら書く。

集中すると、あっという間に時は過ぎる。

どのくらい過ぎたのかわからないが、いい加減疲れ果てた俺がデスクから立ち上がると、出かけたはずの日向がすでに戻ってきていて、キッチンで何か煮込む系の料理をしていた。

俺はのろくさと日向のほうに寄っていき、声をかけた。日向のほうは鍋から目をそらさず、ん、と片手だけ挙げて答える。

「……その鍋、なんだ？　カレー？」

「わからん」

日向の回答はシンプルで、それでいて謎めいている。鍋はカレーと呼ぶには赤すぎであり、シチューと呼ぶには濃すぎのように見える。

「わからんってお前。……それ大丈夫か？　食えるわけ？」

正直かなり心配である。

「スーパーで目にした食材を適当に利用しつつ作ったシチュー的なもの。このほうが栄養あるし冷凍しやすいし。大丈夫、味はたぶん美味しいはず。……ほら美味しい。私天才じゃん」

「ホントかよ……。あ、たしかにわりと」

味見してみると、たしかに見た目よりかなり旨かった。豆は入っていないがチリビーンズとか、そういうものに近い味がする。少し驚いた。俺が大学に進学した後は一緒に住んでいた期間はないわけだが、その間にずいぶん料理の腕をあげたらしい。

「前は、食えるは食える的な料理だったのにな」

「うっせ」

日向は短くそう答えてからお玉を置き、俺のほうに向き直った。そして、こほん、とわざとらしく咳ばらいしてから芝居がかった様子で続ける。

「私はもうガキじゃねぇから。心配すんな。問題ねぇよ」

少し遅れて、どうやら日向は俺の口調を真似してるらしい、と気づく。そしてそのセリフにも覚えがあった。

あれは俺たちの両親が事故で死んだ五年前。俺は二十歳の大学生で、日向は十五歳の中学生だった。俺はともかく、まだ子どもだった日向の哀しみはずっと深かっただろう。

また、現実として、まだ自立していない兄妹には進学や生活の金の問題もあった。だけど俺は日向にそんな心配をさせたくなかった。不安にさせたくなかった。兄貴だから。

進学を諦めるとか、生活に困窮するとか。せめて、そこのところは俺がなんとかしたかった。でも、俺が大学を辞めて働くといえば、日向が気に病むのは間違いなかったし、自分も高校行かないとか言い出すだろう。

『俺はもうガキじゃねぇから、心配すんな。問題ねぇよ』

俺は日向にそう言って、小説で稼いで日向を大学までいかせてやると決めた。何日も徹夜して死に物狂いで書いて、バイトも滅茶苦茶やって送金して、デビューしたばかりの新人のくせに、フラフラになりながらもなんとか学費や生活費の目途を立てた。もちろん、日向の前では楽勝だとカッコつけて嘯いて。

あのときのセリフだ。今、日向がそれを口にしたのは、俺がこんな状況だから、なのだろう。心配するな、それはきっと、料理のことだけを言いたいわけじゃなさそうだ。

力になってくれる、あんなに泣き虫の子どもだった日向がそう伝えているのだ。

俺は感謝を込めて答えた。

「生意気言うなっての」

「うるさいなー」

見れば、日向は耳まで赤くしていた。たまには可愛いところもある妹である。

さて、この謎の料理を食べたら、執筆に戻ろう。

そして、必ず傑作を仕上げてやる。

これから先も、日向の兄でいるために。

9月16日　土曜日　PM07：30

　第二クォーターのラスト一秒。ガードの選手がブザーとともに放った長距離からのスリーポイントシュートは綺麗な弧を描いてリングを通過し、バスケットを揺らした。いわゆる、ブザービーターというヤツだ。

「おおー……」

　観客席の俺は無意識に感嘆の声をあげていた。

　今の得点で両チームは同点となり、ハーフタイム後の接戦が予想される。

　新作の登場人物の一人にプロバスケットボール選手がいるのだが、若干描写を弱く感じていたらしい。だからずいぶん前に書かれた『引継ぎ』に従い、珍しく近くで行われるこの試合に取材で来ていたわけだけど、思ったより試合が面白いので普通に楽しんでしまっている。まあいっか。

「すごいね！　あんなとこから入るんだ！」

　ふと、隣に座っている翼さんという女性から声をかけられた。もともと俺は一人で観戦に来るつもりだったのだが、昼頃この人とラインでやりとりをしていて一緒に来る流れになったのだ。彼女の方もかなり盛り上がってくれたのでなによりだと思う。

彼女がもともと丸っこくて大きい目をさらに丸くして拍手を送ったあと、すぐに選手たちがコートからはけて、チアガールたちによるハーフタイムショーが始まった。

もちろん俺はハーフタイムショーも観る。だってミニスカートの美女が踊るんだぜ。なんなら側転とかもするんだぜ。

で、それから数分後。

「にしても」

翼さんは、ハーフタイムショーが終わると話しかけてきた。なかなか、わかってる人だ、と思いつつちょっとだけ恥ずかしい。

「なに？」

「アキラくんがそんなにバスケ好きって知らなかったよ。このチームのファンなの？」

取材で行くんだ、ということは彼女には伝えてある。だから、試合に熱中しているのが意外だったということだろうか。

「スポーツは大体なんでも観るのは好きだぞ。でも別にチームを応援したりはしてない」

「ほうほう。して、そのココロは？」

ぐいっ、とエアマイクを突き出してくる。心は？　ってなんだよ。引継ぎに書いてあった通り、独特な言動をする人だ。……まぁ、そういう仕草はちょっと可愛いけど、と思いつつ答える。

「俺は鍛え上げた人間の身体能力とか技術を見ることとそのものが好きなんだよ。あんなことできるほど頑張ってるとか、シンプルにすげぇだろ。でも別に自分に関係ないチームだし、勝とうが負けようが、結構どうでもいい」

これは本心だ。別に贔屓のチームなんてないけど、スポーツ選手のスーパープレイは好き。だってあれ、相当努力してないとできないことだろ。スゲーよ。

「なるほど。ふふ」

俺のちょっと捻くれた意見に翼さんは笑った。えくぼができるんだな、この人。それにニンマリと口角を上げて、楽しそうだ。けど、なにか笑う要素あったか今。

「なんだよ」

「んーん。アキラくんらしいなぁ、って思っただけ」

「そうかぁ？」

「そーだよ」

なんだかよくわからないが、らしい、なんてことを俺について思うくらいには彼女は俺のことを知っているようだ。感覚的には初対面の人にそんなことを言われるのは妙な気分だけど、なんとなく嫌な感じはしなかった。

「まあ、別にいいんだけどよ。カッコいいよな、頑張ってるヤツって」

ぼそり、と本音を口にする俺。目の前で走って跳ぶバスケットボール選手たちは、カッコいい。毎日練習して身に付けた力で試合に挑む姿は、男として少し憧れる。

隣にいる翼さんは、んー、と小さく声を出すと、華奢な肩をすくめて上の方に視線をやった。なにか思い返しているときの仕草に見える。で、短いそれを終えた彼女は、目を細め、幸せそうに頷いた。

「うん。ちょっと俯いて真剣な表情しているときの横顔とか、あと指先とか見てると……ときめいちゃうぜ」

へへ、と笑う彼女。ときめく、とか久しぶりに聞いた気がする。『ぜ』なんて語尾を使ったのは照れ隠しなのだろうか。

それにしても俯いているときの横顔やら指先やらって、バスケットボール選手の見方としてかなりマニアックだな。フリースローのときのリバウンド要員とかか？

変な人、と言おうとした俺だったが、その前にあることを思い出した。

「忘れるとこだった。俺、後半始まる前にビール買ってくるわ。えーっと、翼さんは、なんかいるか？」

俺は立ち上がって翼さんに声をかけた。飲まないでおこうかと思っていたが、冷たいビールは会場の熱気によく合う気がする。だからハーフタイムに買いに行こうとさっき決めたんだった。

「私も一緒に行くよ」

「あ、そう」

彼女も立ち上がろうとしたので、ふと、手を差し出しそうになった。でも、慌ててひっこめる。

おかしい。俺は修と違ってそこまでジェントルマンではない。大体、立ち上がるための一瞬とはいえ、いわゆる恋愛関係でもない相手と手を繋ぐのは抵抗あるもんじゃねぇのと思っている。硬派とハードボイルドは違うけど、少し似ているのだ。

「？　どうかしたの？」

「や、別に」

俺は行き場のなくなった右手をライダースジャケットのポケットに突っ込み、彼女と一緒に歩き始めた。俺たちがいるのは二階席なのだが、たしか一階に売店があったと記憶している。

階段を下りて、売店の列に並ぶ。少し混んでいるので、第三クォーターが始まる前に戻れるか微妙そうだ。

「そんなわけで、私もがんばろーって思ったよ」

横で並んでいる翼さんの発言の流れが一瞬わからなかったけど、多分、バスケットボール選手たちに触発されて、ってことだろう。会話のパススパンが長い人だ。

「へー。仕事とか？」

引継ぎによると、この人は調理師学校を卒業後、カフェで働いており、パティシエール を目指しているとのことだ。俺の住む世界とは全然違うので詳しいことはわからないが、専門性の高い職業というのは、それなりに大変なんだろうな、とは推測している。

「うん。今度ね、クリスマスのデザートコンテストの新人部門に出場させてもらうことになったから、それの準備とか」

「ふーん。よく知らないけど、なんか凄そうだな」

テレビとかでたまにみかける有名パティシエの人の経歴で、ナンタラ洋菓子コンテスト受賞、とか見たことがある気がする。そういうのが取れれば箔がつくし、挑戦すること自体がレベルアップに繋がったりもするのだろう。だから俺はまた、ボソリと口にした。

「頑張って」

「おう！」

ぐっ、と小さな拳を握ってみせる彼女を見ていると、横顔がいいね、っていうさっきのマニアックな意見も、ちょっとだけ共感できる気がした。実際には目をそらしたけど、もう少し見ていたくなる、そんな横顔だ。

列が進んだので、俺はビールを二杯、彼女はクラブソーダを購入。席への帰路につく。

「そいえば、アキラくんはどう？　小説、進んでるの？」

ふとそんなことを聞かれた。よくぞ聞いてくれましたぜ。俺は買ってきた二杯のビールのうち一杯を歩きながら飲み、答える。

「ああ、進んでる。今回は、かなり自信があるぞ」

そう、そうなのだ。ここに来る前に、引継ぎと一緒に書きかけの新作を読んだ。控えめに言って、スゲー面白かった。とても自分が書いたものとは思えないほどにだ。今日の俺がそう思ったってことは、過去の俺がしっかりとやってきた証拠だ。

「そっか！　嬉しいねぇ」

翼さんはしみじみと笑っている。その通り、超嬉しい。今日も少し続きを書いてきたけど、かなり夢中になった。正直、前売りのチケットを買ってなければ今日ここにも来ていないと思う。

「おう」

俺はビールの残りを飲み干し、答える。ちょっと得意げな顔になっていたかもしれない。やたらテンションがあがっているのは、ビールのせいだけではなく、昼間に自作を読んだときの衝撃がよみがえってきたからだ。

「完結が見えてきたんだよ。傑作になる気がする」

る」

「うん」

「二年近くもかかってるけど、苦労したと思うけど、それだけの価値はあった気がする」

「うんうん」

「最後の章とか、マジで痺れる気がする」

「うん！」

「うん、ばっかりじゃねぇか」

「お返しなのですよ」

「意味わかんねぇ」

「あはは。でも、ちゃんと聞いてるよ。アキラくん、ずっと、とってもとっても、頑張ってたもんね」

　翼さんは、嬉しそうにしてくれた。俺の事情を知らない彼女だから、俺の喜びは小説家が作品を完成させるときの純粋なそれだと思って、祝福してくれているのだろう。

「この小説、書き上げて、自分でそれを読んだらさ……」

　書いたことを覚えていない小説、自分で書いたのに初見の物語。こんな状況にある俺が今呑気にビールを飲んでいられるのは、それに手ごたえが感じられているからだ。なにも覚えていなくても、残っているものがある。進んできた証がある。とても不安定だし、このさきの見通しなんてなにもないけど、それでも。

「俺、なにか取り戻せるみたいな、進めるような気がするんだよ」

ちょっとキザなことを言ってしまった。きっと、翼さんには意味不明だろう。

でも彼女は、そんな俺を見つめて、明るい表情で少しだけ間を空けて、とても温かく笑った。

「楽しみだね」

ちょうどそのとき、第三クォーター開始のブザーが鳴った。

「あ、やべぇ、急ぐか」

「うん。行こ」

俺たちはそんな会話をしつつ、階段を駆け上がった。

9月18日　月曜日　PM08：15

世間は三連休の最終日だ。多くの人が休日を楽しみ、またそれと同じくらい多くの人が明日仕事行きたくねぇ、と嘆いているであろう今日。しかし、俺には関係ない。

ただひたすら、書いている。冷凍庫で保存されていたフィッシュバーガー二十二個のうち三つを消費し、ただ書いている。日が沈み、街の音が小さくなっていく中、ただカタカタと。ときどき腰が痛くなり、立ち上がってストレッチをしたり、シャワーを浴びたりするほかはずっとデスクに座っていた。

書き進めるスピード自体は速い。おそらくこれは俺の人生で最速だろう。昨日も一昨日もそうだったのかもしれない。だが、それでも時間が足りないと感じる。

朝起きて、症状を知って衝撃を受け、立ち直り、引継ぎを読み終えてプロットを理解し、書きかけの文章をじっくりと読み込み、それからやっと続きを書くころにはもう一日の多くが過ぎているのだ。時間があれば、せめて記憶が二日でももてば。

考えても仕方ない。今は、ただ書くだけだ。

10月4日　水曜日　PM04：15

よし。昨日書いているところまでは読み終えた。書いたことを覚えてないから続きを書くための整合性を意識して、一言一句集中して読むので時間がかかりすぎている。

よし書くか。と思ったが、その前にメシだ。朝メシにはチキンバーガーを食べたが、もうストックがない。近所のファストフード店に行って、エビカツバーガーを二十個くらい買ってこよう。

よし、買ってきた。二つを除いた残りはすべて冷凍庫にぶち込む。賞味期限など気にしない。『冷凍は永遠』を合言葉に。ファストフード店の店員が不審な目で俺を見ていたことも気にしない。

最近はバーガーばかり食べているようだが、なにしろ昨日のことを覚えていないので、飽きるということはない。それは悲しいことなのかもしれないが、今は都合がよくもある。

冷蔵庫に入れなかったバーガー二つは今すぐ食う。俺は作業用の椅子に腰かけ、包み紙を開けた。ディスプレイに映る書きかけの原稿を見ながら、かぶりつく。

「犬も食わねぇほど不味くはないな」

芝居めかしたセリフ。これは、レイモンド・チャンドラーの小説で出てきたバーガーの味についての表現だ。妙に、口にしたくなったのだ。

ふと思い出す。ガキのころの俺は、ガキのくせに古い映画や音楽、そしてハードボイルド小説が好きな変なヤツだった。

俺にとっては最高にかっこいいものが、オッサン臭いだのキザだの馬鹿らしいだのと言われたことも少なくない。でも俺は、そういうものが好きだった。オールドムービーで描かれる折れない心が、クラシックロックで歌われる熱い魂が、ハードボイルド小説の主人公たちのクールな強さが。

　小説を書くようになった理由の一つはきっと、俺のそんな思いを、俺の『カッコいい』を結晶にして、伝えたかったからだと思う。だから学生のころは一生懸命書いたし、賞に応募した。プロの作家になってからは仕事だし、金を稼ぐためというのも増えたけど。それでも、大切なことは、変わらない。

　そして今。

「さて、続きだ」

　バーガーを食べ終えた俺は、包み紙をゴミ箱に投げ捨て、ＰＣのキーボードに指を戻した。

　昨日までに書かれた分までだが、この小説は、すごい。ガキの頃の俺に教えてやりたい。お前は、こんな物語を書けるところまできたんだぜ。

　昨日までの俺お疲れ。あとは俺に任せろ。

10月17日　火曜日　PM05：15

もう少しだ。もう少しで終わる。それにしても、よくここまで書いてこれたもんだと思う。過去の自分にスタンディングオベーションだ。

修から『原稿どう？』とラインが来ていた。一か月ほど前に、締切近いからしばらく忙しいかも、と俺から送っていたようなので、心配してくれているのかもしれない。ゴールが見えてきた。終わったら飲みに行こうぜ、と返しておく。

翼、という女性からもラインが来ていた。

『やっほう。最近、あんまり会わないね。元気？』

覚えてない人だが、引継ぎと小説の描写で人間性を知っているためか、文面から声が想像できる気がした。耳に心地のいい弾んだ声。写真なんて撮ってないけど、なんとなく笑顔が思い浮かぶ。

俺はたった一行のメッセージを何度か読み返し、たった一行のメッセージを返信するのに、熟考を重ねた。

『そういえばそうだな。今ちょっと小説に集中してんだよ。来週くらいには暇になる。』

メッセージを送信するとき、指先が少しだけ震えた。

妙な感覚だ、とも思うけど、納得できる部分もある。例えば漫画や映画のキャラクターに恋をする人はいるらしい。そしてこの翼さんは、今のところ俺が世界一面白いと思っている今日読んだ小説に出てくるキャラクターのモデルらしい。現実と幻想の境界にいる、記憶の靄に包まれた彼女に、俺が特殊な感情を持っていても不思議ではない。

本当は、彼女について突き詰めて考えたい気持ちもあるけど、今はそれよりも大事なことがある。いや、これが終わらなければ、俺はきっとどこにも進めないから。答えを見つけるためにも、まずは書く。さあ、ラストスパートだ。

10月20日　金曜日　PM04：55

あと五ページで終わる。文量の調節なんてしていないのに、編集の熊川さんに指定されていたページ数ピッタリで終わることがわかる。バラまいてきた伏線がすべて一本の線になり、感じなかったほどのわずかな隙間にピタリとピースがはまり、それが最後の独白に熱を込める。読者の頭を両手で鷲摑みにして揺さぶって、目の前で叫ぶように。

ここからさきは、一気呵成だ。

あと三ページ。主人公と作者のすべてを懸けたシーンはたった二ページで終わった。

あとは、エピローグだ。登場人物たちの戦いと人生に一つの決着がつき、その後も世界は続いていく。爽やかに、でもどこか切なく。もう少しでこの物語が終わることを、読者が惜しんでくれるような、そんな物語を。

あと一ページ。最後の最後。ラスト一行に、最後の仕掛けだ。えっ⁉　それなに？　ってことは……⁉　と思わせて、もう一度最初から読ませてやる。痺れろ。俺の物語に、感電しろ。

『忘れろ。そんなヤツは、最初からいなかったんだ』

『。』をつけた。あえてシンプルなセリフでラストだ。

「……終わった……」

上書き保存をクリックし、両手をだらりと垂らす。目が痛いが、瞼をマッサージするために腕を上げるのも億劫だ。心地よい疲れ、なんてない。シンプルに疲れた。別の世界に浸かりきった頭脳と肉体が、疲れ切っていた。

酔ったように頭がぼんやりとし、体は重く硬い。ただ、どこかが熱い。

どこがなのかはハッキリとしない。きっとそれは肉体や頭脳よりも奥にあるどこか、そこが熱を持っていた。さきほどまでは燃えるように滾っていた『そこ』だけが、まだ熱い。

残り火のようなその熱が、この小説は最高だと俺に伝えてくる。

感覚としては一日、しかも終盤しか書いていないのに二年の執筆時間がかかった物語。岸本アキラの最高傑作が、産声をあげていた。

今すぐに、誰かに読ませたい。誰に？　インターネットで世界中に公開したいくらいだが、それ以上に読んでほしい人の名前が、覚えていないはずの人がよぎる。

でも、この場合読ませるべき人が誰なのかってことくらい俺は知っている。

最後の力を振り絞り、俺は熊川さんあてのメールを作成した。お世話になっております、から始まるお決まりのビジネス文体で、本文は三行だけ。そして、大切な、生まれたての物語を添付する。

そして送信。

行け。この世界を引き裂いて、行け。光に乗り、行け。読めばわかる。絶対にケチはつけられないはずだ。簡単な直しだけで即ＯＫになって、校正に回され、出版されて、重版されてドラマ化されて映画化されて、何百万もの人に読まれて後世に残れ。

飛べ。記憶のない俺が、二年のときをかけて、ラストチャンスに間に合わせることができた渾身の一撃。

過去も未来もない俺が、進んでいく世界の中に送るもの。この夜のことを俺は忘れてしまうし、今の記憶がある俺がこの作品に寄せられる感想を知ることもない。

それでも。

行け、飛べ。

10月21日　土曜日　PM03：22

『引継ぎ』を読み終えた俺は、冷蔵庫を開けてビールを取り出した。書かれていることが事実なら、いや事実なんだろうけど、俺はこんな状態で小説を一本仕上げたらしい。それも、めちゃくちゃ面白いんだそうだ。今は熊川さんに送った段階だけど、あとで読んでみよう。ネタバレしないために、あえてプロットは読んでいない。

ビールを飲むのは、祝杯のつもりだ。たとえ覚えていなくても、俺は俺を称(たた)えたいと思った。この体に残る疲れが、誇らしかった。とんでもない状況のはずだけど、それ以上にだ。

「お疲れ」

過去の自分自身に杯を上げ、ビールを呷(あお)る。これはわざわざ取り寄せたドイツのヴァイツェンだ。小麦の味が濃く、なめらかな舌触りとコクがある。ほのかに香るビターチョコレートの香りが素晴らしい。

「うっめぇ……」

別に俺自身は苦労した覚えもないのに、何故だか仕事終わりの味がする。

祝杯用にこれを発注しておいた過去の俺さんマジぐっじょぶ。しばしこの昼酒を楽しもう。

ぴぽん！

おっと、メールか。ああ、熊川さんか。昨日原稿送ったばっかりなのに反応速いな。それくらい傑作ってことか？　やったぜ。

メールに目を通してみる。うお、長いな。前置きとかは飛ばす。必要なとこだけ読もう。

〈原稿、すべて確認いたしました。とても、素晴らしい作品です〉

いつもより、文体が重々しかった。もっとこう、メールでも豪快な感じなんだけどな、いつもは。

読み進める。

〈ただ、結論から申しますと、この作品をこのまま出版することは、誠に、誠に残念ながらできません。というのも、本作とまったく同じ発想のトリックによって書かれた作

品がつい先日発売されたからです〉

〈岸本さんもお知り合いだったと思いますが、華沢誠先生の新シリーズです。私も昨日編集部の人間から指摘されて確認したのですが、ほぼ同一のネタでした。例えば――〉

〈――もちろん、作品全体としては全然違いますし、あちらはライトミステリです。既刊同様軽い文体で恋愛要素などを入れたいつもの感じですが、このトリックは大掛かりかつ画期的なものであり、これまではマネタンシリーズに否定的だった書評家からも新シリーズのこの点についてだけは絶賛の声があがっているのが現状です〉

〈個人としての意見を言えば、絶対に本作の方が面白いですし、心に刺さってゆさぶられました。しかし、今のタイミングで本作が発売されれば、盗作扱いされる可能性が高いです。華沢先生の新作は他社から発売されていますし、盗作騒ぎになれば弊社としても岸本さんにとっても――〉

〈偶然の一致なのか、なんらかの原因で両作が似てしまったのかはわかりかねますが、岸本さんのご状況を考えると――〉

〈岸本さんが全力で本作を書いたことは私が一番わかっています。それだけに悔しく、申し訳なく思っております――〉

〈かなり難しいお話かとは思いますが、発売スケジュールのこともあり、岸本瑛の新作が発売される旨は告知済みでもあります。本作を改稿するか、完全新作をこれから起こす方向でご相談させていただけないでしょうか〉

〈発売は二月を予定しており、締切は限界まで延ばしても十二月二十四日あたりになるかと思います。ただ、現実問題――〉

もう、読めなかった。

なんだこれ。なんだよこれ。俺にとっては、書いた覚えもない小説。それが盗作だってのか？　前向性健忘に苦しんだ挙句、作家としてのタブーを犯したというのか？

そんなはずはない。それはこの引継ぎを見れば明らかだ。苦労のあとが、それから復活するまでの軌跡が、日々追い詰められながらも負けなかった、曲げなかった『俺』がわかる。

大体、例えばどこかで華沢誠の書いているネタを知ったとしても、こんな状態の俺がヤツよりさきに書き終えられるはずがない。ならば、盗作などなんの意味もない。

いやそれよりも、俺がそんなことするわけがない。何故ならそれはカッコ悪いことだし、クールでもタフでもない。ハードボイルドとは真逆にある卑劣な行いだからだ。

じゃあ……。可能性は色々あるが、おそらくは『そう』なんだろう。思えば、出来事やアイディアを残すために今持っている手帳はやたらと真新しい。ということは先代の手帳があるはずなのに、それが手元にない。どこかで失くして拾われたか、盗まれたか。

もっとも、今そんなことを考えても意味がないことだ。

どうすればいい？　熊川さんもうすうす事実には気が付いているのだろうが、それでもそこには触れてこない。どうしようもないことを知っているからだ。売れっ子作家の華沢誠の評価が高い新作に対して、若手作家があとから嚙みついて誰が信じるというのか。

これから改稿？　新作？　一作書くのに二年もかかった今の俺が、たった二か月で？　冗談だろ。ヘヴィだぜ、と言う気にもなれない。

「はは……ははは……」

笑える。書いた覚えがない上に中身も知らない小説。それがダメになったという事実。もうわけがわからない。これが苦労して書いた記憶があれば、まだ怒りや哀しみがエネルギーになるのかもしれない。でも違う。あるのは、ただ全部ダメになったという、過去も未来もなく、どこにも繋（つな）がらないのにいきなり現れた冷酷な事実だけ。涙も出てこない。

ここからまた時間をかけて作家として復活するのか？　そんなに甘いわけがない。そうなれば俺はどうなる？　どんどん進んでいく周りの中で、なにも変わらない俺。なにも残さない俺。希望を込めて書き上げたはずの小説すら、なににもならなかった。昨日にも明日にも繋がらず、社会や世界から取り残され、何も伝えられず、いつしか親しい人たちからも離れていくであろう俺は、そう、まるで、死人だ。

「はははははははは！」

爆笑だ。

俺はＰＣを開き『引継ぎ』のファイルを開いた。スクロールを一番下まで下げると、わざわざ大きくしたフォントでこう書かれている。

負けるものか。

諦めるものか。

俺は、その言葉を削除した。代わりに、こう書いておく。

――俺は、もうダメだ。

10月22日　日曜日　PM04：33

引継ぎ、を読み終えた。読み終えたら、やることがなかった。

俺は、いつから替えてないのかわからないシーツを敷いたベッドで、ただ横になっている。

自分が置かれている状況は理解した。だけどそれだからこそなにもしたくない。

こんなの、ただ絶望するしかない。引継ぎの最後の一行を読んでもそれがわかる。

小説を書き上げたらしいが、出版されることはないらしいし、プロットを読み込む意味ももう、ない。

というか、なにをやってもどうせ明日には忘れているのだし、なにかする意味があるだろうか。

作家としてはもう終わりだろう。引継ぎには傑作だとか書いてあるけど怪しいもんだ。こんな状態でまともな小説が書けるわけがないし、どうせ支離滅裂でしょうもない出来だろう。ただでさえ落ち込んでいるのに、そんなもの読みたくない。

一作書くのに二年もかかっているようでは、どのみちプロとしてやっていけるわけがない。案の定、必死こいてやってきたわりに、トラブルで本は出せないわけだし。

「腹、減ったな……」

どんなときでも腹は減る。俺は冷凍庫を開けて保存してあったバーガーを取り出した。残りは二個。レンジで温めて口に放り込む。もちろんたいして美味くはない。

これを食いつくしたらどうすんだろう。多分、しばらくは何も食わずにグッタリしてんだろう。でも限界がくると適当に外に出て、コンビニでなにか買って、食べて、寝て。それを忘れてずっと同じことを繰り返すんだろう。そう、破綻するまで。

今の俺は、ただ酸素を二酸化炭素に変えるだけの、食い物をうんこに変えるだけの存在だ。

ある日奇跡的にこの症状が治ったりすることがあればいいな、と思う。

そういえば、俺のこの状態って、なんらかの保障は受けられないんだろうか。

俺はどうして一人で作家業を続ける、なんて選択をしたんだろうか。バカじゃねぇのか、どんだけカッコつけなんだよ。そんなことできるわけがねぇだろ。

日向には迷惑をかけたくない。でもきっと、かけてしまうだろう。

修に置いていかれたくない。でもきっと、追いつけないほど遠くに行ってしまう。

本当は、なにかをしないといけないのはわかってる。例えば、役所や病院に行って、保護を受けるとか。それがスムーズにいくかどうかはわからないけど、それでもそれにむけて動くべきなんだろう。あるいは、この半分死人みたいな状態を脱するためにはもう一つの選択肢もある。『半分』じゃなくなってしまえばいい。

でも、なにもしたくない。少なくとも今日だけは、今日だけでいいからなにもしたくない。

まだ大丈夫だ。十一月くらいまでこうしていてもいいだろ。まだ数年くらいはなんとか生きていける。

まだいい。そうだ。

忘れたい。そう思って、棚からジャック・ダニエルのボトルを取り出した、グラスにストレートで注ぎ、飲み干す。焼けつくような熱さが喉を伝わり、腹にたまり、頭がふらつく。

はは。忘れたい、だって？　笑わせるぜ。そんなことしなくてもどうせ覚えてられねぇんだろ？

二杯目のジャック・ダニエルを飲む。おかしいな。バニラやカラメルを思わせる香りも、まろやかな口当たりも、感じない。でも、それを不満に思わない。

「……ああ、そうか」

ぽつりと口に出す。今俺は酒を楽しんでるわけじゃなくて、ただアルコールを摂取したいだけなのか。

「……最低だ」

大体想像はつくんだよな。

きっと、俺のことだから、カッコつけて、タフな自分でいたくて、痛々しい感じで頑張ってたんだと思う。他人に見せたら恥ずかしいくらいキザな言葉で『引継ぎ』を書いて、そんな自分に軽く陶酔して。成し遂げるつもりだったんだ。

でも違った。俺は、強くなんかなかった。

10月23日　月曜日　AM11：15

「お兄、いるー？」

引継ぎを読み終えて放心状態だった俺は、ドアの方からチャイムとともにかけられた声に気付いてはいたが、反応する気が起きなかった。

今日は木曜日じゃないけど、やってきたのは日向だろう。見た感じはだいぶ変わっているらしい妹だ。しばらくアイツからの連絡に返信していないみたいだから、様子を見に来たってところだと思う。正直に言えば、今は日向に会いたくない気分だった。

「ねーってば！　入るよ？」

何か応えようとしたが、実際には言葉が出なかった。何日間か人と会話していないせいか、俺の声帯は自分の役割を忘れてしまったらしい。

「おに……。なにこれ、どうしたの……？」

部屋に入ってきた日向が絶句するのも無理はない。俺の目から見ても、この部屋の状態はひどい。そこら中に酒の空き瓶が転がっていて、ハンバーガーの包み紙は床に落ちていて、とにかく部屋が汚い。それに、俺自身もやつれていて、きっとひどい顔をしているはずだ。

俺は声帯に自分の仕事を思い出させ、なんとか答える。

「……別になんでもねぇよ。ちょっと取材として退廃的な生活してみようとしてるだけだ」

日向には、あまり今の状態を知られたくなかった。さきの展望がまったくない状況だから、隠したところで意味はないし、問題の先送りにしかならないこともわかっているけど、それでも。俺は、兄貴だから。

「嘘」

日向はそんな俺の言葉を否定して、まっすぐに俺を見ていた。くそっ。なんだってんだよ。

「今日は特に用事もねぇし、お前にやってもらうこともねーからもう帰れ」

しっし、とあえて邪険にあしらってみせるが、日向は帰るそぶりを見せない。それどころか、俺を無視して、慌てた表情でPCのファイルを開き始めた。

「おい。勝手に触んなよ。ってか、なんでパスワード知ってんだ」

過去の俺が教えたに違いないけど、俺はそんな過去の自分自身を殴ってやりたい気持ちになった。

読まれたくない。日向には読まれたくないけど、強引にPCから引き離す気力すらなくて、俺はただ座り込むしかなかった。

しばらくして、

「これ、ホント、なの？」

日向は俺の方をむかず、PCを見つめたまま小さく、細い声で呟く。読んでいるのは『引継ぎ』その最後の部分、つまりは盗作疑惑によって新作が流れたところ、『俺は、もうダメだ』という言葉だ。

「……知らねぇけどホントなんだろ。書いてあるんだし」

俺は、別に気にしてないけどな、というポーズを見せるため、立ち上がって冷蔵庫を開けた。バドワイザーの瓶が二本だけ残っていたので、取り出し、栓をあける。

「だって……。そ、そうだ！　これ！　訴えたりしたら勝てるんじゃないの⁉　だって盗作されたんでしょ⁉　さ、裁判とか！　あれじゃん！　慰謝料みたいなのももらえて出版もできるじゃん！」

　日向は変わらず俺の方を見ない。ＰＣの置いてあるデスクに座ったまま、場にそぐわない、バカみたいに能天気な声をあげる。日向がどうしてそうしているのか、俺にはなんとなくわかる。

「無理だろ」

「なんでさ！　お兄が病気のせいで裁判とかできなかったら私が代理でやるし！」

「そういうことじゃねぇよ。ちょっと考えりゃわかるだろ」

　俺はめんどくさそうに告げ、いくつかの理由を話す。証明する方法もなければ、誰も信じてはくれないこと、相手は大物作家であること、すでに本が出てしまっている以上、もはやどうしようもないこと。

「……な？　無理だろ」

　諭すように言い、俺はバドワイザーを一口呷った。好きなビールのはずなのに、やっぱり味がしない。

「……だって……、だって……！」

　俺に背をむけたままの日向の声が、細く震えていた。その肩も、小さく揺れている。

「悪いな。そんなわけで、とりあえず新作はパーだ。けど、なんとかお前に迷惑はかけないように……」

　あてもないのに誤魔化すために言いかけた俺の言葉を遮り、日向が立ち上がって振り向いた。

「そんなんどうでもいいし！　バカじゃないの⁉」

　日向は、泣いていた。顔をくしゃくしゃにして、目をぎゅっと瞑って。コイツが涙を流しているのを見るのは、ずいぶん久しぶりだ。

「どうでもいいって、お前。じゃあなんなんだよ。つか、なに泣いてんだよ意味わかんねぇ」

　俺はバドワイザーの瓶を汚いテーブルに置き、代わりにティッシュ箱を手に取った。

「ひどいじゃん！　こんなの……絶対ひどいじゃん！　おかしいよ……！」

　ティッシュを渡してやると、日向はちーんと洟をかみ、なおも続けた。

「だって……、おにいちゃんが、あんなに、あんなに頑張ってたのに。こんなことになっても、ずっと……なのに……！」

　あんなとかこんなとか、日本語下手だなコイツ。そう思いながらも、俺はジョークめかしてそれを指摘する気にはなれなかった。

　目の前でわあわあと泣く日向は子どもみたいで、おにいちゃんという呼ばれ方も、どこか懐かしい。すっかり大人っぽく生意気になっても、やっぱり変わらないことはある。

「うう……。ぐすっ……」

凄い勢いでティッシュを消費する日向が少しだけおかしくて、でもありがたかった。

俺は、涙を流せなかったから。

ぴーぴー泣くなよ。前から思ってたけど、お前ちょっとブラコンなんじゃねぇの。なんて、心の中でしか茶化すことができない。それすらも、本心じゃなかった。

「……なんで、お兄はそんな……！」

日向が俺に近づき、とても弱い力で胸のあたりを叩（たた）いた。

そんな、とはなんだろう。どうして泣かないのかとか、どうしてひどい目にあうのかとか、どうして荒れた生活をしているのかとか、そういうことだろうか。

そんなのもう、わからない。俺にしてみれば、全部今朝知った事実で、もうわけがわからないんだ。あるのは、ただ大きく漠然としてるのにクッキリとした寂寥（せきりょう）感と絶望感だけ。だから俺は、何も答えられずに日向に叩かれるままでいた。

知ってるさ。本当はこう言えばいい。心配するな、俺はまた次の作品を書いて復活する。だからこんなのたいしたことじゃない。だから泣くな。

そう言えれば、どんなにいいだろう。

「ごめん」

でも俺の口から出たのは、何の意味もない謝罪の言葉だった。

日向は、両親を亡くしたこともあって俺を慕ってくれていると思う。こんなやっかいな症状を抱えた今となってもだ。そんな妹にとって強い兄貴で、カッコいい男でいたかった。

「……なんで、お兄があやまるわけ……？　意味わかんないし……！」

こんなことになって。すぐに立ち上がってまた戦えなくて。そんな強さが今の俺にはなくて。もうダメだから全部諦めたってことさえ言えなくて。弱くて。

「ごめん」

俺は、そうとしか言えなかった。自分に反吐が出そうだった。

10月25日　水曜日　PM07：30

「アキラ、もうそろそろ食べられるんじゃないかな」

対面に座る修がテーブルに置かれた鍋に目をむけて言った。

「あ？　あ、ああ。そうだな。んじゃ」

呆けていた俺はモソモソとお玉を動かし、寄せ鍋を椀によそい、修もそれに続く。

今日俺たちが来ているのは、鍋物が美味いと評判の個室居酒屋だった。

本当はあまり外出したくもなかったし、修と会う気分でもなかったが、今日のコイツは強引だった。

俺は鍋が食べたいんだよ。付き合って。だってアキラだって、前に俺が落ち込んでたときに無理やり連れ出して鍋食べさせたでしょ？　貸し借りはナシが俺たちの決まりだよね？

このイケメンはニッコリ笑いつつも有無を言わせない雰囲気だすときがあるんだよな、たまに。

「うん。美味しいね、これ」

修は爽やかにそう言うが、俺はまだ箸をつけてなかった。美味いのかもしれないけど、あまりテンションはあがらない。

「食べなよアキラ。少し痩せたみたいだし、お腹空いてるでしょ？」

「ああ、わかったよ」

さほど食べたくはなかったけど、俺は過去に失恋のショックで食欲不振になっていた修を無理に連れ出しメシを食わせたことがある。だから、俺だけ断ることはできなかった。

「……あちぃな……」

「美味しい？」

「……そうだな。美味いんじゃねぇの」

「正直に言いなよ」

「……ちょっとよくわかんねぇ」

「はは。でも、食べることはいいことだよ。経験者は語るのさ」

腹が減っていると、人の思考は暗くなるし体も弱る。だから多少無理してでも食うものは食った方がいいし、できれば温かいものがいい。それは俺が修に言ったことだった。

たしかに、味はよくわからないが、温かい。

しばらくの間、俺たちは無言で鍋をつついた。無言でも、別に居心地が悪くないのは、やっぱり修と俺だからだと、思う。

「……日向から、何か聞いたのか？」

ふと、聞いてみる。修が俺を誘った意図は明確で、そうする理由は一つしか考えられなかった。

「いや？　詳しくは何も聞いてないよ。けど、最近のアキラはちょっと変だったしね」

詳しくは、ということは少しは聞いているのだろうか。それともたまにやりとりしているメッセージから何かを感じた、ってことだろうか。俺は、それを聞いて確かめようとは思わなかった。

「無理に話してもらおうとは思ってないけど、アキラが何か話したいなら、聞くよ」

豆腐を一つ食べた修は、いつも通りの何気ない様子でそう言った。今は、それがありがたかった。俺は、自分の身に起きたことを修に話したくなかった。

同情も慰めも、まだ修からはされたくなかった。

「いや……。今はいいわ。けど、たしかにメシは食った方がいいよな。ありがとよ」

「そっか。じゃあ食べよう。締めはおじやでいい？　俺が作るからさ」

「好きにしろよ」

実際には、まだ締めまでだいぶある。俺たちは、言葉少なに映画の話や思い出話をポツポツとしつつ、食べ進めた。全然盛り上がってはいないし話も弾んでいないけど、暗くはない席だった。

「そういえばよ」

なんて、関係のない話をする俺。修も気付いているだろうけど、俺は今日、一度も小説の話をしていない。カンも頭もいいコイツなら、それがどういうことを意味するかってことくらい気付いているだろう。

でも言えないでいた。俺はもうダメだってことを。もう小説を書くことはないんだってことを。日向にも、修にも。他の誰かにになら言えると思う。でも二人にはどうしても言えなかった。立ち上がるとも、終わりなんだとも、言えなかった。

それはどうしてなんだろうと思う。

兄貴としての、親友兼ライバルとしての意地？　カッコつけな俺のプライド？　それはたしかにある。でもそれだけなら、なんてカッコ悪いんだろうか。

「アキラが言わないってことはさ」

ちょうど話の切れ目に、修は慣れた手つきでおじやを作りながら言う。

「なんだよ」

「まだ迷ってるからなんだと思う」

「……なんだよいきなり」

修が言いたいことはわかる。でも違う。俺は決めたはずだ。というか、やめる以外の選択肢なんてなかった。そのはずだ。

「だから、今はいいよ。きっとアキラのことだからお酒も浴びるように飲むだろうし、しばらく荒れたり、落ち込んだりするのかもしれない。それでいいと思う。だけど決めたら、教えてよ。俺はアキラが決めたことなら、それでいいと思ってるから」

米を鍋に入れて、といた卵を流し込み、葱(ねぎ)を散らしておじやが出来上がる。

俺は、修の言葉を一度脳内で反芻(はんすう)して、それでもやっぱり意味はわからなくて、答えた。

「うるせぇな、なんの話かわかんねぇよ」

修が言いたいことも、俺についてどう思っているのかも今の俺にはよくわからない。だから悪態しかつけなかった。自分を心配している友人に対する態度じゃないし、最低だと思うけど、とめられなかった。

だけどせめて、今日のことは『引継ぎ』に残しておこうと決めた。おじやは、ほんの少しだけ、味がした。

10月27日　金曜日　PM09：15

家の棚にたくさん置かれていたはずのボトルは、全部空になっていた。

スコッチもバーボンもジンもラムも、もらったけど嫌いだから飲んでいなかったテキーラさえも、ひとつ残らず空き瓶になっている。

しょうがないので、俺は外に出ることにした。酒屋で買い物をするのは億劫だった。ビニール袋をぶら下げて一人で帰り道を歩くなんてぞっとするし、洗い物をするのも氷を削るのも面倒くさい。

俺は駅前の花屋の方にむかって歩いた。そこの二階は、俺の馴染(なじ)みのバーだ。

そういえば、髭をそっていないし、まともなジャケットがなかったのでパーカを着ている。それに俺にしては珍しくスニーカーを履いている。ちょっとためらわれるけど、別にいいか。

俺は花屋の二階に上り、重いドアを開けた。こんなに、重かっただろうか？

「おお、アキラ。久しぶりだな」

田中さんはあまり変わっていなかった。この人との距離も、いずれは遠くなるんだろうな、と思った。

「……ども、久しぶり。ひさしぶり、なんですか」

客が誰もいないのは幸いだった。今は、知らない酔漢の声も聞きたくないし、女性客と小粋な会話をできる気もしない。どちらもわりと好きなことだったけど、今はただ、カウンターの奥の席に座り、一声。

「なにか強いのください」

「珍しいな。スコッチとバーボンだったらどっちだ？」

「どっちでもいいです」

投げやりな俺の物言いに、田中さんは片眉を上げてみせた。だがすぐに、あいよ、と注いでくれる。カネマラ・カスク・ストレングスというそのアイリッシュ・ウイスキーは五十九度もあるそうだ。重く、ズシリとしたコクがある……らしい。名前も味も、どうでもいいけど。

「締切は間に合ったのか？」

田中さんはグラスを磨きつつそう尋ねてきた。最近の俺の事情も知っているのだろう。

「まあ、一応。でも色々あって本にはならないことになったんですよ。同じのください」

俺はこの話をあまり続けたくなかったので、一息にグラスを飲み干してみせた。もう名前を忘れたその酒が、少しだけ頭をクラクラさせる。

「あいよ。……まあ、書き上がったんだろ。それならお疲れ。一杯奢り（おご）にしてやるよ」

「どうも」

「そしたら今はちょっと休憩中ってところか」

「休憩中？」

「また次の小説、書くんだろ？」

なんとかという名前の、強いアイリッシュ・ウイスキーのボトルを傾け、田中さんは俺の方を見た。ごく当然のことのように、まるで、明日の朝メシはなにを食うのかと尋ねるような気さくな問いかけだった。

田中さんは無神経な人ではないし、客商売をやっている人特有のカンのよさもある。だから、様子のおかしい俺にあえてそう聞いているんだろうということがわかった。

適当に強がって誤魔化そうと思った俺だったが、それも面倒くさくなった。いずれわかることだし、カッコつける気にもなれない。ハードボイルドは、ハードボイルドであろうとした時点でハードボイルドではないのだ。そんな当たり前のことが、今さらわかった。

「いや、小説は、もうやめるつもりです」

なんでもないことのように答えた俺に対して、田中さんは一瞬だけ沈黙した。彼にしては珍しい間だと思う。

「……そうか」

しかし、なんでだよとか、考え直せ、とか即座に言われないのはありがたかった。彼は、ただ深く落ち着いた目で、頷いただけだ。だから俺も、黙って飲んでいる。悪魔のように苦く熱い液体を、ただ胃の中に流し込む。

「もう一杯」

「あいよ。と言いたいとこだが、さっきのでラストだ」

嘘つけよ。さっきのボトルにはまだ半分以上入ってたじゃねぇか、とは言わない。こういうところでは、バーテンダーの意図を酌むものだ。

「違うの作るからそっちにしとけ。で、飲んだら今日は帰った方がいいな」

「なんでですか?」

しかし、酔い過ぎだからとか、辛気臭い顔をしているから、とまで言われるのは心外だ。俺はこのくらいでは酔ったりしないし、たとえ落ち込んで酔っ払っても暴れたりして人に迷惑をかけるようなことはしない。

「さっき予約の電話があってな。あと十五分で女性客が二人来る。そのうち一人はお前の知り合いだ」

俺は田中さんがホット・バタード・ラムを作っている間、彼の言ったことについて考えた。

よく意味がわからない。そりゃこの店の常連なので、よく来る女性客の一人や二人は知ってはいる。偶然会えば、普通に会話もするし、前にはこの店の常連客の女性に言い寄られたこともあるくらいだ。つまりは、スマートに飲んでいる自信がある。

「あいよ」

カウンターに出されたホット・バタード・ラムに口をつける。甘い酒の香りと柔らかく優しいバターのコクが感じられて、ふう、と息がつけた気がした。また、熱いカクテルだから、さすがにこれは一息には飲み干せず、啜るように口に含んでいくしかない。

「いや、帰れっつーんなら帰りますけど、意味わかんないっすよ」

「今日のお前は、あんまりカッコよくないからな。いや、別にそれはそれで俺はいいぞ。バーってのはそういうときのためのもんでもあるしな。でも今日はダメだ。また来いよ。

そんときは貸し切りにしてやる」

「意味わかんねぇ」

「そうか。けど俺に感謝すると思うぞ、多分な」

「……じゃあ、なんかボトル一本売ってください。家で飲むから」

「あいよ」

　田中さんが仕方ねぇなと笑った。

　俺は十分少々の時間をかけてグラスを空けると、キャップの開いたトリスのボトルをタダでもらって、ボーディーズの扉を開けた。

　家に帰り、ひたすらトリスの水割りを飲んだ。ツマミにするものもなく、ただ飲んだ。

　水道水で割ったトリスをスポーツ飲料のように飲む。テレビを適当につけてみた。知らないお笑い芸人がたくさん出ているバラエティ番組が流れていた。今年ブレイクした人たちらしいが、当然知らない。そして何が面白いのかもさっぱりわからない。ただ賑やかで楽しそうだな、と思えた。

　もっと飲んだ。今が何時なのかもわからない。

　急に気持ちが悪くなったので、トイレで吐いた。なにも食べていなかったので、アルコールを含んだ水だけが出ていく。そのあとは胃液が出た。これは酸っぱいからすぐわかる。吐くものがなくなったときには胃液が出るのだ。

少しして、今度は茶色い液体を吐いた。ものすごく苦い。胃液まで出し尽くしてしまったあとに、さらに下の方から出てきたこの液体は、どの臓器から分泌されるなんという液体なのか、ということをふと疑問に思った。でもインターネットで調べる気にもならなかった。

どうせ明日には覚えていないし、引継ぎに書いておくのも面倒くさい。いやそもそも、答えを知ったところで、作家でなくなる俺にとっては、ネタになるわけでもない。

トリスの瓶は、気が付けば空っぽになっていた。

10月29日　日曜日　PM02：44

引継ぎによると、昨日は一日中二日酔いで苦しんでいたらしい。それも覚えている範囲ではいまだかつて経験したことがないほどひどいものだったそうだ。そう知ると、流石に今日は酒を飲む気がしなかった。微妙に体もだるいので、ダメージが抜けきってはいないのだろう。

とはいえ、自分の置かれた状況を知ってしまうと、じっとしているのも辛い。

俺は、バイクをレンタルして適当に走ることにした。これは、この二年間で初めての行動らしい。もともとバイクの事故でこんな状態になったから、避けていたのだろうと思われる。

ホンダＣＢ７５０、以前は愛車にしていた車種をレンタルし、海沿いを走った。

下半身から伝わるバイクのパワーとそれをニーグリップで制御する感覚が、懐かしく思えるから不思議だ。

俺は、この感覚が好きだった。身を切るような風と次々と後ろに流れていく景色、加速感。いい年をして、特撮ヒーローや腕利きスパイの気分になってみて、走る自分とバイクの姿がカッコいいと思える。本当に中二病だと思うけど、走っている間は、余計なことをあまり考えないで済んだ。

二時間ほどグルグルと走ったころにはさすがに疲れてきて、俺は交通量のごく少ない海岸沿いの道にバイクを止めた。

缶コーヒーを買って、砂浜に座る。冬が近づいているこの時期、天気も悪い海岸には人影がなかった。

ヘルメットを傍らに置き、コーヒーを一口。なにをするでもなく波を眺めていた。

きっとこの砂浜は八月には海水浴客でいっぱいになるのだろう。でも今は、あえて寂しい雰囲気に浸りに来た病人が一人だけだ。

よく、失恋や挫折で人は海に来るという。それはきっと、そんな状況でも自己陶酔をしたくなるのが人間というもので、もしかしたらそれによってストレスを緩和する働きがあるのかもしれなくて、自己陶酔には舞台背景も必要だからなんだと思う。

タバコでも吸えればもっとよかったのかもしれないが、俺にはそういう習慣はない。あるいはスキットルに入れたバーボンを飲むのもいいのかもしれないが、運転がある。

そういうところも、俺が中途半端なハードボイルド野郎たる証左に思えた。

ふと、ライダースジャケットのポケットが光っているのに気付いた。スマホがメッセージの着信を伝えている。

「……またこの人か」

差出人は『カフェ子改め翼さん』とある。昨日から、何度かメッセージが来ていたが俺はそれを無視していた。どう返していいかわからなかったからだ。引継ぎで大体のことは知っているが、微妙な性格の感じや俺との関係はさっぱりわからない。それが書かれているらしい小説は読んでいない。

メッセージに目を通してみる。

〈今、どこにいるの？〉

端的な内容だった。いい機会だ。俺は返信を打つことにした。ずっと無視しているのも悪いし、答えやすい問いかけだしな。ここは……、標識に書かれていた海岸の地名を確認し、そのまま返信する。結構走ったつもりだったが、同じところを回っていたせいかそれほど遠くまでは来ていなかったようだ。

少し待ってみたが、さらに返信がくることはなかった。拍子抜けした気がするが、それならそれで別にかまわない。知らない女だ。

コーヒーを飲み干すと、俺は風の冷たい砂浜で横になった。ライダースを脱ぎ、毛布のようにして体にかける。

こんなところで寝ると風邪をひくかもしれないが、どうせ苦しむのは明日の俺であって俺じゃない。昼寝でも記憶は失われるのかもしれないが、どうにかなるだろう。

疲れた。寝よう。もう疲れた。

10月29日　日曜日　PM04：11

冷えで目が覚めた。そして残念ながら、ここはどこ？　私は誰？　とも思わない。ここはさっき来た砂浜で、俺は二十五歳無職の岸本アキラだ。睡眠が浅かったせいか、前回記憶を失ってから時間が経っていないからか、なんにせよ俺は俺のままだった。

バカバカしい。帰るか。そう、思ったときだった。

「おにいさん、なにしてるの？」

不意に、芝居がかった声をかけられた。振り返ってみると、そこにはブーツを履いたニットワンピースの女がいた。冬、いや秋服か。なんだか新鮮に思えた。新鮮？　なんでそう思う？

ショートカットの彼女は、穏やかな表情のまま後ろに手を組んで、砂浜を下りてきた。

「……別に何もしてないです。休憩？」

「二時間も？」

一瞬、彼女が何を言っているのかわからなかった。なんで俺が二時間前からここにいたことを……ああ、そうか。『まるで記憶にはないけど』この人が、翼さんか。あのメッセージのやりとりからわざわざここまで来るとはなんなんだろう。もしかして俺のこと好きだったりするのか？

「いいだろ別に。俺はこうして天下国家のことを思案してるんだよ。見えない釣り糸をたらしてんだよ」

驚くほどスムーズに言葉が出た。しかも俺は初対面の女性にこういう風にぞんざいな口を利くタイプでもないのに。

「あはは、なにそれ？」

「太公望だよ。中国の古典は面白いぜ」

「ふーん」

変わらず軽口を叩く俺に彼女は小さく相槌を打った。そして俺のすぐ後ろまで来ると、よっと、とか言って砂浜にしゃがんだ。ニットワンピは丈が短めで、それで膝を抱えてしゃがみ込んでいる。俺はそのすぐ前で寝転がっているため……。

「パンツ見えそうだけど」

「ほほう。私のパンツ、見たいの？」

「当たり前だろ」

俺のストレートな発言に、翼さんは、子どもみたいにへへへ、と笑った。冗談だとでも思っているのかもしれない。なわけねぇだろ。こっちは大人の欲望全開での発言だぞ。あともしよかったら本当に見せてくれ。

「はい。あげる」

そう言って翼さんが差し出したのはもちろんパンツではなく、缶入りのホットティーだった。冷たくなっていた俺の頬に、ぴたりとくっつけてくる。

「あちっ、あちーよ」

いやマジで熱いから。

「今日はバイクなんだね」

「暇だったもんで」

それだけの会話が終わると、お互いに黙って紅茶を飲んだ。いやなんなのこれ。どうすればいいわけ？

「……田中さんから聞いたよ。アキラくん、小説やめちゃうの？」

彼女は俺の方ではなく、海の方をむいて問いかけてきた。寒いせいか、少し声が震えている。

ああ、それか。この人は見た感じいい人そうだけど、本当にいい人なんだろうな、と思えた。わざわざ心配して来てくれたってわけか。ここは冷静に答えるとしよう。

「まあね。そろそろ潮時かと思って。厳しい世界だし、いつまでも続けられるようなことじゃないからな。俺まだ若いし。なんか仕事探すよ。公務員とか、会社員とか」

そんな仕事が俺にできるわけがないが、翼さんは俺の障害について知らない。だからこれで十分だろう。

「そっか」

小さな声だった。どこか悲しげで、でもとても優しい響きだ。

「おう」

それだけ。そしてまた少し沈黙。

「ちょっと前に、締切が近くて、でも傑作になる自信があるって言ってたよね。あれは？」

その話は、したくなかった。

「書き終わったよ。でもダメになった」

俺がポツリと呟くと、彼女は海の方から俺へと顔をむけた。とても真剣な顔をしているけど、それがどういう感情によるものか、俺にはわからなかった。

「アキラくんは、その小説読んだの？」

「当たり前だろ。書いたの俺だぜ。書きながら何回も読み直してるよ」

俺は嘘をついた。小説本文どころか、無駄な苦労を重ねて作ったらしいプロットにさえ目を通していない。どんな話なのかも知らない。

「そうじゃなくて。書き終わったあと、最初から最後まで、全部、ちゃんと読んだ？」

この人は何が言いたいんだろう。何故そんな泣きそうな目をしているんだろう。

「……いや。たいした出来でもなさそうだし」

「ダメだよ」

きっぱりした言葉だった。口調は穏やかだし、責めるようなニュアンスもない柔らかな声だ。でも強い意志が込められている気がした。

「私、アキラくんが本当に頑張ってたこと、知ってるよ。ずっと、すごいなぁ、って、私も頑張らないとなぁ、って思ってた」

何故だか恥ずかしそうに、囁くようにして話す彼女。眩しいものを見つめているような瞳は、過去を思い出しているかのように見えた。俺の覚えていない俺を彼女は知っていて、いつかの瞬間のソイツはなかなかのナイスガイだったのかもしれない。

でも、ソイツは死んだんだ。岸本アキラは毎日死んでいて、何も残すことはなく、何も繋ぐことはなく、生きているなんて言えない男なんだ。

「アキラくんはさ」

俺が答えられずにいると、彼女、翼さんは静かに続けた。言葉の一つ一つが、心の中から取り出した大切な宝物であるかのような声で紡がれる。俺はただ黙ってそれを聞いていた。そうしなければいけない気がした。

「いろんなことがあって、いろんな経験をして、友達や家族と触れ合って、苦しんで、それでも進んで、たくさんのことを積み重ねて。それを小説に込めたんだよ」

「……どうだろうな」

俺がやっと絞り出したのは、そんな言葉。

引継ぎは読んでいる。修や日向とのやりとりや、苦労のあとが見える執筆の過程、それで書き上げたらしい小説のこと。でも、何も覚えていない。その小説がどんな話なのかすら知らない。だから俺は、積み重ねてきたなんて思えない。

「アキラくんが生きてきた結晶みたいな、そんな小説だよ。ちゃんと読んであげなきゃ。

そうじゃないと……」

彼女は言葉を詰まらせた。膝を抱えたままで俯いている。

何を言いたいのかわからない。

何を言ったらいいのかわからない。

少し待って、風と波の音を数回聞いたあとで、翼さんは祈るように呟いた。

「そうじゃないと……可哀想だよ」

膝は抱えたまま、でも顔だけは上げて俺の目を見つめていた。大きな彼女の瞳は濡れたようで。目をそらしたくなったが、何故だかそらすことができない。

意味がわからない。可哀想とはどういうことだ？　誰が？　何が？　書いたヤツが？

それは君の目の前にいる俺で、俺がそれでいいと思っているのに？

でも、俺は彼女の言葉を否定できなかった。

生きてきた結晶、俺にそんなものがあるなんて信じられないのに。書き上げた小説が傑作だなんてあるわけがないのに。

初対面の女の、わけのわからない願い。なのにその願いはまるで透明な雫のようで。

「……わかった。とりあえず、読むだけは読んでみる」

気が付けば、俺はそう口にしていた。

困惑したままで答えた俺だったが、彼女はそんな俺の言葉に微笑んでくれた。何度も頷く翼さんの、泣いているようなその微笑みは、俺の中にある柔らかい部分を疼(うず)かせる。

「うん。約束」

「……あいよ」

「私、待ってるから」

「あいよ」

俺は田中さんの口癖を真似(まね)た。誰かを真似たり下手なジョークを飛ばしたりするのは、自分の感情を隠したいときの俺のクセだ。ハードボイルドが聞いてあきれる。

でも約束は守ろうと思う。いろんなものを失って、もうこのさきになにもない俺だけど、女の子とのこんな約束くらい、守れる男でありたいと思うから。

10月30日　月曜日　PM00:15

俺は今から小説を読む。ここまでの引継ぎで置かれた状況を理解した今、とても読む気にはなれなかったが、それでも読む。それは、昨日の俺からの依頼、いや命令だったからだ。

ＰＣ内のテキストデータだけではない。部屋中のいたるところに張られた紙にマジックでそう書きなぐられている。ご丁寧に小説自体も印刷されてクリップでまとめられてもいた。

なにか、重要なことなのだろうと思えた。

気は進まないが、やるしかない。俺は、書いた覚えのない小説に、過去の俺たちが作り出した膨大な文字の山に手をかけた。

『もうダメ』な俺がやるべきたった一つのこと。それは、これを読むことだ。

「読むさ。読めば、いいんだろ」

書き出しは、スムーズだった。繊細な情景描写の中に突如挟まれる違和感から、次の行が読みたくなる。

一ページが終わった。たった一ページの中に、捻りのきいたブラックジョークがあって噴き出したし、知らなかった雑学が自然に挿入されていて、妙に感心してしまう。そしてページが終わるころには物語が動き始めたことがわかる。それも、なにか刺激的な出来事が起こっていると読み取れる。

小説は最初が一番肝心だという。読者はここでこの小説の続きを読むかどうか判断するので、このあとどれだけ面白くなろうと書き出しがダメならそれは駄作となるからだ。

この一ページは、よく書けている。何度も何度も検討して、言葉を厳選して紡いだことがわかる。

　気が付けば、ページをめくる手が加速していた。

　登場人物が出揃っていく。それぞれの人物描写から彼らの生きてきた歴史と背景が読み取れる。それなのに文章量自体はかなり抑えてあり、読み疲れない。これから彼らに起こるであろう出来事に興味がわく。クズ、いいヤツ、異常者、偽善者、表立ってわかりやすい人格に秘められた、それ以外の様々な要素が、彼らにリアリティを与えている。

　誰一人として、物語の類型としてありがちな人間がいない。一人一人を考え抜いて生み出したことが伝わってくる。

　さらにページをめくる。

　中盤はおそらく意図的に文体を軽くしている。あっさり目の描写で次々と物語を進めている。目が離せなくなる。このあたりから目立つようになったヒロインがとてもイキイキとしていた。天真爛漫で個性的なようでいて、本当は知的で光る感性を持っている彼女に好感を覚えた。

　これを俺が書いたのか？　という疑問。ああ俺が書いてるな、という納得。

　二つの感情が俺の中に溢れた。

　こんなに考え抜かれた文章と人物をこんな状態の俺が？　そう思う一方で、文体や展開のクセがまさに俺の好みに沿っている。書いた記憶はないけど、それでもこの紙の中で展開されている世界は、俺のよく知る匂いを漂わせていた。ただ記憶にある他の作品よりも、ずっと濃く、強い匂いだ。

ページをめくる手がゆっくりになった。展開に飽きたのではない。じっくりと読もうと思ったからだ。

登場人物一人一人が、それぞれの信念のために動いている。愛だったり、復讐だったり、ただの欲望だったり、使命感だったり。一人の人間として俺は、そのすべてに納得できたし感情移入ができた。これはきっと書いた本人だから、というだけじゃない。人間が大なり小なり持っている『それ』を見つめて、丁寧に丹念に真剣に描写した結果だ。

リズムやメロディを感じさせる文体、過去にそう評されたこともある俺の特徴。それがこの小説の中ではさらに際立っていた。重要なシーンでは重く、明るいシーンでは軽妙に。メリハリよく強弱が意識された文章は、読むものでありながら音楽を感じることができた。

腹の音が鳴った。俺は腹が減っているらしい。だが無視した。今は、このさきを『読まなければならない』。

さらにページをめくる。

まったく違う道のりを歩んできた登場人物たちの人生が交差し始めた。立体的に計算された彼らは、互いに影響を与えあい、物語世界を前に進めていく。応援したくなったり、死んでしまえと思えたり。

読んでいてニヤついてしまうような恋の描写に驚かされた。俺にこんなものが書けるとは思わなかった。これを書いた日の俺はどうしたんだろう？

また酒の描写が出てきた。でも旨そうだった。飲みたいし、この登場人物はきっとこれが好きだと感じられる。

ページをめくる。焦って二枚めくってしまった。落ち着け。一枚戻る。

登場人物の一人が死んだ。叫びたくなるほどの衝撃だった。コイツが？　まさかなんで？　それがこのさきわかるのか？　もう飛ばして最後だけ読もうかと思ったが、それはこらえておく。

喉が渇いた。そういえばもう何時間も水を飲んでいない。でも冷蔵庫まで移動する時間がもったいない。俺は、このさきを『読みたい』。

めくる。めくる。気が付けば、あと数ページで終わりだ。

嘘だろ？　この世界があと少しで終わるのか？　不意に焦燥感が走る。

でも手も目も止まらない。あとは明日、なんて贅沢な楽しみは俺には持てない。

あと一ページ。主人公の独白が入る。

力強い言葉の群れ。まるで、頭を両手で鷲掴みにされて目の前で叫ばれているような迫力。

そして最後の一行。

「……は？」

声を出してしまった。え？　っていうことはなんだ？　途中から全部……？

ああ！　そういうことか！

物語全体に仕掛けられていたトリックに、震えた。ただビックリさせるだけのそれではない。この物語全体のテーマを強く伝えるためのギミックとして、重く、深く突き刺さるそれは、そう、まるで魔法のようだった。

「……なんだよ、これ……」

声が出ていた。すっかり日が暮れて暗くなった部屋の中で、一人で呟（つぶや）く。

体中に電撃が走ったようだった。たかが文字の羅列で、しかも自分が書いたものなのに、俺は、たしかに、痺（しび）れていた。

涙が出ていた。俺は、俺の文章が、物語が好きだ。それをネタバレ抜きで読めた。それも自信をもって最高傑作だと言える物語を。

この痺れはそのせいもある。こんな経験ができた作家は、俺以外絶対にいないはずだ。

つい、最初からもう一度読み返そうとページを……。

「ダメだ」

自分を制するために、あえてそう口にする。今わかった。俺には、もう時間のない今日の俺には、他にやるべきことが、ある。

体に、火が入った。

過去の自分が残した物語によって走った電流が、俺の中で小さな火種となった。一度は燃え尽き、灰となったはずのそれに、小さく、でもとても熱い火が起きた。

この物語は、俺が覚えている過去の俺には書けなかったものだ。それがわかる。

その事実は、伝えてくれる。積み重ねてきた知らない過去は、書き続けた意地は、無駄なものなんかじゃなかったんだ。

俺は、再びＰＣを起動し、テキストファイルを二つ起動させた。一つは、引継ぎ。もう一度、読み返す。今度は、今朝読んだときのように、混乱と絶望を感じながらではない。ここに書かれていることが、きっと俺の火を大きくする力になると感じる。

日向との些細な会話や修と飲んだこと、そして新しく知り合った女の子が、俺にこの小説を読ませてくれたこと。

覚えていない出来事たちが、俺の中の火に触れる。そして燃えていく。大きく、燃え盛る炎へと変わるのを感じる。積み重ねてきた知らない過去が、書き続けてきた意地が、今、熱に変わっていく。

そして開いたテキストファイルのもう一つは。

新作。

今読んだこれではない。一文字目から綴り始める、新たな作品。

「……ふーっ」

溜息のように聞こえるかもしれないこれは、けっして溜息じゃない。深く、脳内に酸素を満たし、新しい戦いに挑むための準備だ。目を閉じ、書くべきことを決める。その答えは、過去にあった。たとえ覚えていなくてもだ。

このままなんて、終われるか。あの作品を書いた岸本アキラが、ハゲのパクリ野郎のせいで終わってたまるか。いや、終わるはずがない。そう信じられる。記憶のない二年間が俺に残したものが、その力となる。

「コイツは、ヘヴィだ」

カッコつけた軽口を叩いてみせた。

一か月。それが俺に与えられた時間だ。新作を熊川さんに送って、ＯＫをもらい、出版にこぎつける。もともと空けてもらっていた二月に間に合わせるためには、これを一か月で行わなければならない。

だが、書くことは決まっている。時間がないため、すでにプロットがあるも同然のこれしかテーマはありえない。そしてそれ以上に、きっといい作品になると感じるから。

小説というのは、つまるところ人の心の動きを描くもの。俺はそう考えている。なら、この新作は劇的なものになる。

今の俺にでも書ける。いや、今の俺だからこそ書ける。

文体はいつもとは変えよう。もっと軽くだ。時間のこともあるが、このテーマならばあえてフランクな文体の方がいい。

ふと、引継ぎに書かれていたことを思い出して、スマホを起動させてメッセージを修に送ることにした。

〈決めた。俺は、もう一度小説を書く〉

たったそれだけ。鍋を食べたあの日の答えだ。修からの返事はすぐにきた。

〈知ってた。だってアキラだからね〉

苦笑してしまうそんなやりとり。これも大いに燃料になってくれそうだ。

日向が泣いたらしい。次に会うときには、立ち上がって、勝った俺でいたい。

「やってやる……！」

俺は、あえて口に出すと猛烈な勢いで新作の一行目となる文章を叩き、作り出した。

《2017年　4月17日　月曜日　AM06：30》

《枕元(まくらもと)でうるさくがなり立てるスマホのアラーム。

起きろ起きろ起きろ、ほらほら早くしろ。そう言わんばかりにどんどんボリュームが大きくなっていくアラームを止めようと、俺は目を開けて、起き上がった。》

10月31日　火曜日　PM01：11

昨日書き始めたらしい小説。これの続きを早く書かなければならない。だが、そのために必要なことがある。

そう考えた俺は、カフェ『BLUE』に入店していた。理由は、翼なる人物を見るためだ。

この小説は、いわば私小説のようなものだと思う。ただし作者はまるっきり覚えていない私小説である。引継ぎはあるが、印象的な出来事がごく簡単な箇条書きで記されているだけなので、細かいところはわからない。主要登場人物であろう『翼』を見て、できれば話もしたかった。が。残念ながら目論見(もくろみ)は外れたようだ。

「ああ、いつもありがとうございます。どうぞごゆっくり」

俺を迎えた人物は豊かな髭を蓄えた温厚そうな紳士で、この人がマスターなのだろう。そして今日は女性店員がいないようだった。

「……そりゃ、休みもあるか……」

しかしせっかく外出したのにこのまま帰るのもアホらしいし、第一マスターに失礼だ。俺はコーヒーを頼んだ。今日はコナという品種だが、コナブレンドではなく、コナ一〇〇パーセントなのが特徴だそうだ。

俺はコナコーヒーを待ちつつ席に着いた。そしておもむろにノートPCを取り出す。普段の俺は出先で小説を書くことはあまりないが、今日は空いているようだし、今は少しでも時間が惜しかった。

翼さんと会うことはできなかったが、それはそれ。行けるところまで行こう。

昨日書き始めた冒頭は、今年の四月十七日からの描写だった。書きかけの小説が、俺の中で中間地点と決めている五万字に近づいた日。そのくらいからの方が今の俺の状態がわかりやすいと思うし、二年前から書いてたら文字数が多くなりすぎる。

コナコーヒーが給された。香りがいい。味は結構酸味が強いような気がするけど、嫌な感じではなく、フルーティな風味と合わさって心地がよかった。

「さて」

引継ぎを読み返しながら、文章に起こしていく。一冊の本にすることを想定している以上、すべての記録を記すことはできないので、大事なところだけを選び出し、今の俺に繋がる一つのストーリーとしていく。

　どこが大事な日なのか、何が重要なことなのか、それを吟味するのは手間だが、俺の指先は予想より軽快だった。

　久しぶりに会ったとしか認識できない日向の成長や、相変わらずイケメンのまま大人になっていく修との会話、遅筆ながら少しずつ進めてきた前作、昨日の記憶を失ってしまうことに怯え、嘆き、それでもあがく俺自身の姿。

　ほんの一行二行しか書かれていない記録を頼りに、そのときの出来事や心情を想像し、膨らませていく。

　ああ、そうだな。もし日向がいきなり大学生で、しかも結構美人になってたら相当驚いただろうな。それにしても美人か……。こんな感じか？

　修と飲みに行ったのか。ってことは多分ワインが旨い系の店だな。俺は何を飲んだんだろう。ハイボールならありえそうだ。

　ブルーマウンテンナンバーワンというコーヒーが美味かったらしい。今飲んでるこのコナもかなり美味いんだけど、そっちはどんな味なんだろう？　……こう、もう少し甘い感じじだろうか。

　書かれているのは端的な事実だけ。だから今俺が書いているこれは、事実なのかどうか本当はわからない。一口に『日向は美人になっていた』と言っても、モデルみたいな感じなのかもしれないし、アイドルみたいな感じなのかもしれないし、サブカルっぽい癖のある感じかもしれない。要するに系統がどうなのかってことまではわからない。せめて女性ファッション誌でいえばこれ、というくらい書いてあれば別だが、そこまで『引継ぎ』は親切丁寧ではなかった。

だから、今の俺が直感したまま、日向の姿を書く。

コーヒーの味の違いもわからない。コナ一〇〇パーセントとブルーマウンテンナンバーワンのどっちの酸味が強いかもわからないし、香りの違いも知らない。ネットで調べればすぐにわかることなんだろうけど、あえてそれはしない。味覚なんてしょせん人それぞれのものだし、大事なのは俺が美味いと感じたという事実だ。

ゆえに、今の俺が想像するまま、コーヒーを描く。

前向性健忘を患って（わずら）も、俺はよく酒を飲んでいたらしいし、バーにも行ってたらしい。少し笑ってしまうが、どこか納得もできる。ああ、俺ならそうだろうな。実は、それほど以前の生活スタイルとは変わっていなかったんじゃないかと思う。

きっと、ラフロイグを頼んで、田中さんはあいよ、と答えて。

けど一人の夜が来たらやっぱり眠れないこともあって。

無茶苦茶な筋トレなんかもやったりして。

時には二日酔いにもなって。

キャッチボールをしたようだけど、そのときにはこんなふざけたやりとりをして。

——不思議な感覚だった。

引継ぎに書かれている箇条書き、そのモノクロな情報を小説に直していくと、まるでその出来事を経験したかのように錯覚してしまう。

もちろん、経験自体はしているはずだ。でも記憶はしていないシーン。モノクロだったそこに、色がついていく。

「おかわりはいるかい？」

不意に、マスターの言葉に意識がゆり戻された。

「あ、はい。いただきます。すいません、長居してしまって」

「ああ、かまわないよ。今日は暇だし、頑張っている若者はいいものだ」

マスターがいたずらっぽく笑った。口髭から覗く唇は茶目っ気たっぷりで、安心する。

二杯目のコーヒーを啜り、一息。うん、やっぱりここのコーヒーは美味いな。多分豆とか焙煎とかにこだわってんだな。インスタントコーヒーとは全然違うぜ。

さて、引継ぎに目を戻す。ここからさきは、一気に書くのは難しそうだから、もう一度熟読して、イメージを膨らませよう。

何故難しいのか。それは、日向や修とは違うまったく知らない人物が登場するからだ。

果たしてスムーズに続きが書けるだろうか。

翼さん、というその人はこの店の店員で、ショートカットが似合う美人らしい。健康的で清潔感のある感じで、パティシエール見習い、とだけ書いてあるが、服の感じや声の調子、仕草や話し方なんかはどうなんだろう。そのあたりが断片的にしか書かれていない。

俺と彼女が出会ったのはもちろんここ。そしてしばらくしてボーディーズで偶然出くわして互いの名前を知る。まあ、あの店は若い女性ファンが多いから、翼さんを連れてきた友達もそうだったんだろう。

カフェとバーで何度か会話し、編集者にやりこめられる俺にデザートをくれたそうだ。

そして、俺は彼女をデートに誘っている。

ここからがよくわからないのだが、何故、世界爬虫類展(はちゅうるい)になんか行っているのだろうか。しかもそのあとは焼き鳥屋。彼女がちょっと変わった感じなのは引継ぎにも書かれているが、いくらなんでもちょっとおかしいのではないだろうか。

そのあとも俺たちは何度かデートらしきことをしていて、猫猫飯店にも四回目のときに行っている。麻婆豆腐(マーボードウフ)を食べたらしい。

あんな小汚い店に何故？　そして俺は基本的には女と話すのは苦手なはずなのに、何故恋人でもない女性と何度も出かけているのか。

これは彼女の人物像を捉(とら)えて小説にするのには相当手間がかかりそうだ。

一度目を瞑(つむ)り、考えてみる。こう何度も俺と会っているのだから、彼女にもわりと好かれていると考えるのが妥当であるように思う。それはいわゆる恋愛感情というヤツなのだろうか。

しかし過去の俺は何故か彼女を口説いたりはしていないようだ。もしかしたら、性別を感じさせないタイプで、友人関係がなりたっていたのか？

いや、なんかしっくりこない。

さらに引継ぎを読み返す。俺が二年かけて書いた前作は盗作疑惑でボツになったのだそうだ。これは、相当キツイと思う。そんな俺がこうしてもう一度筆をとっているのは、その前作を読んだからで、前作を読んだのは翼さんの言葉があったからだそうだ。ここのところは彼女のセリフまで書いてある。

アキラくんが生きてきた結晶みたいな、そんな小説だよ。

ちゃんと読んであげなきゃ。そうじゃないと、可哀想だよ。

俺は多分、こう答えたはずだ。小さく口に出してみた。

「……わかった。とりあえず、読むだけは読んでみる」

『うん。約束』

声が、聞こえた。鈴の音を思わせる、小さな、小さな声が、たしかに聞こえた。

朗らかで透明で、確実にその人の声だとわかる音。

聞いた記憶がないはずの声。でも聞き覚えのある響き。

鳥肌が立った。鳥肌ってさ、気持ちが悪いときや怖いときにだけ立つものじゃないんだよ。

それともこれも錯覚なのか。声の他に漠然と浮き上がったこの姿も、靄のかかった俺の海馬がみせる幻想なのか。

俺は混乱しつつも引継ぎが表示されているモニターから目を離し、勢いよく顔を上げた。そこには。

「わ！　びっくりした」

彼女は、レモンと氷水の入った水差しを落とさないように胸のあたりで持っていた。俯いていた俺が急に深刻な表情で顔を上げたのに驚いたようだ。

びっくりしたのは、俺の方だ。

「……ごめん」

「え？　いいよ。そんな真剣に謝らなくても。……それより、その、アキラくん、大丈夫？」

いつの間にか空になっていた水のグラスにおかわりが注がれる。彼女の細くて白い手や、ネイルをしていない指先に視線が行ってしまう。彼女の表情はちょっとだけ曇っていて、俺を心配してくれているようにも見えた。

でも俺は彼女の問いかけに答えることはせず、質問する。

「……今、ホールに入った？　いつもより遅いのか？」

「？　うん。今日は遅出なんだ。さっきまで面接でさ」

「面接？」

「そうそう。今ね、ホテルの最終まで残ってるんだよ」

面接といえば就職活動で、就職先の希望がホテル。ホテルにはレストランがつきものだし、そこにはデザートが出る。それにウェディングなんかのイベントでも、デザートは定番だ。つまりこの人はそういう仕事をしている。

それにショートカットで、たしかに美人だ。情報から考慮すると……。いや違う。そんなことをするまでもなく俺は、見た瞬間に彼女が誰だか、わかっていた。彼女との出会いややりとりなんて覚えていない。

でも、わかったんだ。

「アキラくん、もしかして、小説書いてるの？」

彼女は、口元に手を当てて小さな声で問いかけてきた。どこか嬉しそうに見える。

俺は、ああ、とだけ答えた。

彼女は胸のあたりに手を当て、優しく目を伏せて呟いた。気のせいか、涙ぐんでいるようにも見える。

「そっか」

この人の口からは、前にも「そっか」という言葉を聞いた気がする。でも、そのときは全然違うトーンだった気がする。俺は引継ぎに書いてあった海でのやりとりを思い出し、答えた。

「前言を撤回するのはハードボイルドじゃないけど、逃げるのはもっとハードボイルドじゃねぇからな」

冗談めかして、あえてバカみたいにキザなセリフでおどけてみせる。でも、本心だ。

きっと、誰かのおかげで生まれたものだけど。

「うん。よかった。きっと、今度は書けるよ」

そう言う彼女の震えた声は、綺麗な楽器の音色のようで、そんな彼女の瞳は濡れた宝石のようで。まっすぐに見つめられると、そらしたくないのに、目をそらしてしまう。

「おう」

俺はなんだか恥ずかしくなって、今注がれた水を一気飲みした。コーヒーはもう飲み終わっているので、会計をお願いする。

「もう帰るの？」

「ああ、家で集中するわ」

「ん。あ、そうだ。今度来たときさ、アプリコットチーズタルト、食べてみてよ」

レジでお釣りを渡しつつ、彼女はそんなことを言った。アプリコットっていうのはたしか杏子（あんず）のことだったと思うが、彼女が作るのだろうか。

「おススメなのか？」

「そう。最近やっと納得できた、コンテストにも出す超自信作！」

いぇーい、とピースサインを出してくる彼女。いくら他に客がいないとはいえ、なかなかフランクな態度だ。マスターはあえてなのか、見て見ぬふりをしている。

それにしても自信作か。やっと納得できた、ってことは色々試行錯誤したわけだ。そりゃ素晴らしい。それに今から言おうとしていたことの前振りにもちょうどいい。

俺は答えた。

「ああ。食う。……そしたらさ、代わりに俺が今書いてる小説、書き終わったら読んでみてくれねぇか」

こんなことを女性に言うのは初めてだった。でも、決めたことだ。俺は、色々なことがわかったから。覚えていなくても、わかったから。

彼女は俺の言葉に、ちょっとだけ『えっ』と意外そうな表情を浮かべ、でもすぐに大きく頷き、それから眩しいくらいの、少なくとも俺にとっては極上だと思える笑顔をみせた。

「うん。待ってる」

あぶねぇ、危うく大輪の花が彼女の背景に見えそうだった。なんでそんな情感たっぷりな返事なんだよ。

彼女は、俺の前向性健忘についてまったく知らないから、読んだら驚くと思う。この関係性は変わるかもしれない。いやきっと変わる。でも読んでほしい。

きっと、記憶のない作家の書く私小説はそれで完成するから。

11月8日　水曜日　AM07：23

空が明るくなってきた。もう少しで夜が明ける。知らないうちに年を取ったせいか、徹夜は思ったよりも堪えた。

でも、そのかいあって私小説はもうすぐ終わる。さすがに書きやすかった。なにしろ、プロットはもう完全にあるのだから。

記録から書かれた小説は、記憶のような想像なのか、想像のような記憶なのか。フィクションと事実の間を揺蕩うようにして、書き続けた。おかげで眠っていないので、まだ記憶を失っていない。

いくつかだけ、たしかなことがある。俺がいくつもの夜に飲んだ酒はラフロイグで、それはスモーキーで美味しかった。修と行ったサウナでアイディアが閃いたとき、俺は踊りだしたいほど嬉しかった。前作がダメになったとき、俺は腐ってしまった。

たしかなことを、書いていく。

ぜんぶ、覚えてなくても、それでも積み重ねてきた。

結果ダメになった前作だって、二年前の俺には書けなかった。日向が大学に受かったことを嬉しく思ったし、少し大人になった修は成長を伝えてくれた。新しい出会いとそれによる変化もあった。

たとえ覚えていなくても、毎日を積み重ね、進んできた。落ち込んで、笑って、頑張って、怠けて、話して、飲んで、嘆いて、味わって、願って、ずっと。誰もがそうするように、ずっと。

生きている。

俺は、生きている！

この指先が紡ぐ文章が、そう叫んでいる。他の人と、きっとすべての人と同じように、たくさんの昨日が今日に伝わり、明日へと続いていく。

私小説は、今日に追いついた。十一月八日。あとは最後の部分を、今の俺の気持ちを書いていく。この俺の余命は一日だけ。もうすぐ終わる。だがこの物語は明日の俺へ届けてみせる。そう誓って、最後の一文を綴る。

「……ふう。やればできるな俺。二日で十万文字オーバーとは超人的だぜ」

文字数だけでいえばたしかに言葉通り。でも、俺がこんなペースで書ける小説は生涯これ一つだけだろう。

印刷して渡すのももどかしい。俺は、完成した私小説を編集の熊川さんよりもさきに、彼女に、翼さんに送った。

これを読めば、いろんなことが彼女に伝わると思う。少しばかり恥ずかしいし、迷いがないわけじゃないけど、この小説を書き上げた今の俺にならそれができる。

これは、君と、明日の俺のために綴った物語。なんて、キザなフレーズが思い浮かぶ。

同時に、ふと思った。

別に前向性健忘じゃなくたって同じなんじゃないだろうか。人は細胞の代謝によって毎日肉体が変わる。思いや考え方だって生きていれば変わっていく。だから誰もが厳密に『同じ存在』としてはいられない。その瞬間のその人は、その時だけのものだ。けど、それまでの人生で紡いできた物語は明日の自分に受け継がれていく。

俺が書き上げたこの小説は、そんな当たり前すぎて忘れてしまうことを、でも大切なことを形にしたものなのかもしれない。

なんだか、すげー満足感だ。脳のどこかが熱に浮かされて踊っているみたいだ。そのダンスは激しくて、靄を吹き飛ばしかねない勢いだ。

だけど、もう疲労が限界。とりあえず寝る。

11月9日　木曜日　PM07：15

今日は日向が昼間やってきたので、帝国ホテルのランチを奢ってやった。たまには気前のいい兄なのである。まあ世話になってるしな。

戸惑う日向にここ数日の俺の話をすると、涙目になって、でもそれを指摘すると子どもみたいに怒った日向に叩かれた。結構マジで痛かったけど、叩かれた箇所は温かく感じた。

家に帰ってきて、私小説を読み返した。やっぱりよく書けてる。いつもの俺の文体とは違って、ライトノベルかと思うくらい率直で簡潔で、そのわりには抒情(じょじょう)性が強い文章だ。これはこれで悪くない。岸本瑛の新境地だ。どうだ見たか華沢先生よー。感謝しろよ。登場人物全部偽名でよかったなおい。

それからもう一つ。この達成感に加えて、気付いたことがある。

「……心への強い刺激が、症状の改善に繋がる可能性もあります……か。なるほど、ね」

そう呟く。なんとも、俺らしい話だ。そう思って一人で笑ったのと同時にスマホが振動した。メッセージの着信だ。

鈴村　翼〈全部、読んだよ。送ってくれてありがとう〉

読むの早いな。送ったの昨日じゃねぇの？　とか思っていると新しいメッセージが着信。

鈴村　翼〈それでね〉

俺はその短文を読むと急いで返信を打った。感想だとか彼女の考えとか、なにか言われる前に言いたいことがあった。私小説を読めばわかったかもしれないけど、伝えたかった。二年前にはなかった気持ちを、いつから芽生えたのかわからない想い（おも）を。

本当はあってからの方がいいのかもしれないけど、サラリと伝えるのもこれはこれで現代的かつ都会的で、ハードボイルドなロマンチシズムがある。俺はカッコつけだからな。

〈ちょっと待って。その前に俺の言いたいこと言っていい？〉

〈いいよ〉

俺は生きているから。昨日までの思いが重なり、明日へ望むものがあるから。だから。

一度深呼吸し、指の骨を鳴らしてからメッセージを打った。

〈俺、君のことが好きだよ〉

一部抜粋。原文ママ

２０１５／４／25

びっくりした。交通事故の現場を見たのは初めてだったから、すごく怖かった。子どもが飛び出してきて、それを避けた車が対向車線のオートバイにぶつかって、少し離れたところにいたわたしにも聞こえるくらいおっきな音がした。

オートバイに乗ってた人にもびっくりした。あんな事故だったのに、立ち上がって、腰を抜かしてた男の子のところまで歩いて行って、頭を撫でて何か言ってた。危ないから離れた方がいいよ、とか言ったのかな。そのあとすぐ倒れちゃったのに、そんなことができて凄いなぁ。

２０１５／６／２

びっくりした。あ、書き出しが前と同じだ。たまにしか日記付けないとこうなっちゃう。

今日びっくりしたのは、お店にきたお客さんに見覚えがあったから。あのとき事故にあったあの人だってすぐわかった。救急車を呼んでからあとのことは知らなかったから、凄くほっとした。大きな怪我はしてなくて、元気そうだった。

２０１５／６／28
あの人、よくお店に来るなぁ。いつも紅茶飲んでるけど、コーヒーは嫌いなのかな。うちのコーヒー、美味しいのに。

２０１５／７／５
さすがに暑くなってきたからか、あの人もライダースジャケットを着てなかった。それにしても、いつもなに書いてるのかな？　超真顔で書いてるけど、たまに一人で笑ってる。基本ちょっと怖い顔してるから、なんか可愛い。

２０１５／７／18
ライダースジャケットは脱いでるけどブーツは年中履いてるみたいだなー。今日はあの人、珍しく人と一緒だった。相手の人の声が大きかったから聞こえちゃったけど、ライダースさんは小説家さんだったみたいだ。ほえー。

2015／8／15

バゲットが切れたからパン屋さんに買いに行った帰りに岸本さんとすれ違った。わたしが会釈したらすごく怪訝な顔をされちゃった。ちょっと傷つく。わたしのこと覚えてない？

2015／8／25

岸本さんが考え込んでた。それから『作家だとバレたわけだし、ちょっと意見聞きたいんだけど』って話しかけられた。身近に妹さんしか女の人がいなくて、小説を書くために最近女の子の間で流行っている服を知りたかったんだって。雑誌とか買えばいいのに、と思ったけど『はーどぼいるど』はファッション誌は買わないんだって。うーむ。よくわからないぞ。

2015／8／29

今日は『本日のコーヒー』がブルーマウンテンだったから、おススメしてみた。いつも紅茶を飲んでる岸本さんだけど、一口目で「うま」って言ってた。ふふん。ほーら。

2015／9／2

アキラくんおススメのバーに連れて行ってもらった。あーゆーところ初めてだったから、ちょっとドキドキした。ハイボールを頼んだら、ライムかレモン入れる？　ってバーテンダーさんに聞かれた。わたしはライムが好きなので、嬉しい。でも、アキラくんが飲んでいた「らふろいぐ」ってお酒を注文するのは止められた。わたしにはまだ早いんだってさー。ちぇっ。

２０１５／10／２
アキラくんと話していると、ときどき、あれ？　って思うときがある。前話さなかったっけこの話、とか。

２０１５／11／８
どうしよう。わたし、アキラくんのことが好きになっちゃったみたいだ。ちょっと変わった人だし、超カッコつけなんだけど、なんか楽しい。なのでこれは仕方ない模様。

２０１５／12／５
アキラくんのうちに本を借りに行った。男の人の家に行くのってかなり緊張したけど、多分バレてないよね。読んでみた。面白い！

２０１５／12／24
あんまり得意じゃないけど、わたしなりにはアピールしてみたけど、かわされてる気がするのです。むむ……。

２０１６／１／１
もう少しで学校も卒業かー。調理師学校の二年って短いよね。製菓コースに進んでもう一年通おうかなぁ。

２０１６／１／15
もうこれはあれですね。いかんですよ。わたしは、告白を決意したのです。
うわー、告白だって、ひゅー。

２０１６／２／１
びっくりした。でも、ちょっと納得したっていうか、あー、今まで不思議だったいろんなこと、だからだったのか！　って思った。昨日のこと覚えてないってどんな気持ちなんだろう。それでもああしてるなんて、やっぱりアキラくんは強いんだと思う。

そして。うーん。なんか気持ち変わるかなぁ、と思ったけど、わたし別に変わらなかったな。

２０１６／２／14
ばばーん！　彼氏ができたのです。いぇーい。色々大変なこともあると思うけど、同じ症状で結婚してる夫婦だっているんだし、頑張っていこう。
それはそうとピアスなくしちゃった。ショック。

２０１６／４／15
学校卒業したけど、就職が決まってないよう。ＢＬＵＥも好きだし、勉強になるけどちゃんとしなきゃね。

２０１６／５／２
最近のアキラくんは辛そうにしてる。小説のプロットっていうのが完成しないんだって。これが完成しないと小説を書き始められないって。昨日のことを忘れちゃうから、上手くいかないこともやっぱりあるんだと思う。アキラくんは人といるときは強がってるけど。

2016／6／2
アキラくんが、俺は死んでるみたいなもんなんだ、って言った。とっても寂しかった。

2016／6／22
わたしだったら、きっともう小説書くのやめてると思う。だからアキラくんは、強いな、って思う。でも、強がってるだけだって、笑ってた。

2016／7／3
フラれちゃった。ずっと書けなくて、それは死んでるのと一緒だって。だから一緒にいるのはよくないって。一瞬言葉に詰まって、わたしは何も言ってあげられなかった。目の前で『引継ぎ』からわたしについての内容を全部消されて、もう小説も書かないって言われたときはさすがに泣いちゃった。でも、最後にお願いは聞いてくれた。負けるものか、諦（あきら）めるものか。彼が迷いながらも口にしていた言葉。引継ぎの最後にそう書いてくれた。
アキラくんは自分を死んだのと同じだって言うけど、それは違うよ。覚えてなくても、少しずつでも進んでるよ。だって三ページも進んでる。だって私が君を好きになった。

負けない、諦めない、そんな君を好きになった。この五か月があったから、引継ぎには君が君らしくいられる言葉が増えたから。

２０１７／５／２

びっくりした。三度目のびっくり。アキラくんがお店にいた。そっか、引き継いでないから、覚えてないから、同じお店に入っちゃう日もあるのかー。つい、じっと見ちゃったよ。

彼は小説を書いてた。とってもとってもとってもとっても、嬉しかった。

２０１７／６／11

友達の那奈（なな）ちゃんがバーに行ってみたい！　って言った。たまたま近くだったし、わたしが知っているお店はボーディーズだけなので、ちょっと勇気を出して行ってみた。

バーテンダーの田中さんがわたしのことを覚えていてくれて嬉しかった。嬉しくて楽しかったから、那奈ちゃんとのお喋（しゃべ）りに夢中になっていると……。気が付いたらアキラくんが来てた！　わあっ！　って言いそうになったけど、なんとか抑えて控え目に声をあげた。

アキラくんは相変わらず「らふろいぐ」を飲んでいて、でもやっぱりわたしのことは覚えてなかった。だから、また、自己紹介した。だって、したかったから。
　それにしても田中さんはすごいなぁ。わたしのことを覚えてたってことは、アキラくんと一緒だったことも覚えているはずなのに、すぐに知らないふりしてわたしに合わせてくれた。プロの技だね。
　あと、カフェ子って！　さては前のときも最初のころは心の中でそう呼ばれてたのかな？　なんとなく、アキラくんらしくて笑っちゃった。

２０１７／６／21
　また会えるかなぁ、と思ってボーディーズにいたら、ほんとにアキラくんが来た。田中さんはわたしがハイボールを頼んだときにライムを入れるっていうことまで覚えててくれて、すごいなと思った。わたしはどうしても確かめたくて、アキラくんになに書いてるの？　って聞いてみた。そしたら最初のときと違って今度は直接、作家だって教えてくれた！
　そしてなんと！　今はあのときあんなに苦しんでた小説がだいぶ進んでるんだって！

２０１７／８／１
　わたしってけっこう諦めが悪いんだなー、って思った。一度なくしたことなのに、また一緒に笑いたいって。あ〜、どうしよう〜。

でもほら、生きてるからね？　こう、あれだよ。積み重なって、それが未来に繋(つな)がる的な！　それにしてもアキラくんは本当に変わってないなぁ、でも、なんだろう。ちょっとだけ、どこか違う気もする。

うん。だって、アキラくんの方からわたしを映画に誘うなんて、前は一回もなかったと思う。やっぱり記憶が続かなくても、彼は少しずつ変わってる。それは小説を書き進めてきたからなのかな？

アキラくんがまた書き始めたように、わたしも頑張らなきゃって思った。仕事もだけど、その、アレ的なアレも。

ん！　決めた！　わたしも諦めないぜ！

２０１７／10／29
久しぶりにアキラくんに会った。だいたいのことは田中さんから聞いていて、胸が痛んだ。どうしてこの人にばっかりこんなことが起こって、大好きなことをやめるなんていう悲しいことを二度も言わなきゃいけないんだろう、って思った。
でも、わたしも今回はちゃんと言った。ダメだよ、って。一生懸命書いてきたこと、知ってるから。これまでのアキラくんが可哀想(かわいそう)だから。ちゃんと向き合わなきゃダメだって。

約束、してくれた。あのときとは違うね。それは時間が経ったから、わたしもアキラくんも、時間を重ねてちょっとだけ強くなれたから？　そうだといいなって思う。

２０１７／10／31
人が何か書いてるとこを見るだけで、よくこんなに感激できるなぁ、って思った。でもホントのことだもんね。わたしもアキラくんも、一年前とは違ってて、だから違うことを選べた。嬉しいな。

２０１７／11／9
送られてきた小説は、『私小説』だった。きっと、一文字も読み飛ばしたりせず、全部読んだ。心にしまい込むみたいにして読んだ。普通にとっても面白かったし、感動した。わたしには上手く表現できなくて平凡な感想になるけど、本当に感動した。

俺は生きている、って一行に、泣いてしまった。

ちょっと照れくさいけど、これが出版されてアキラくんのキャリアになればいいなー、って思う。

アキラくんは、わたしと過ごした去年のことを知らないから、きっとわたしがこの小説を読んで前向性健忘のことを知ると思ってる。そう思ってくれたことが、嬉しい。

わたしの方はどうしよう。じゃーん！　実は……！　と言っちゃおうかな。

考えはまとまってなかったけど、読んだってことを伝えたくて、アキラくんにメッセージを送った。

そいえば、この小説を読むと、その、つまり、あの。あれなのかな。考え過ぎかな？行間を読み取れてない的な？　でも、その。アキラくんはつまり。

なんて思ってたら、スマホが振動した。返信が彼にしては早い。少しだけやりとりをして、最後に来たメッセージには、こう書かれていた。

〈俺、君のことが好きだよ〉

泣きながら笑ってしまった。こんなことってあるんだなって、奇跡みたいだな、って思った。

２０１８年２月14日

　駅前の広場で待ち合わせしたのは失敗だった。思ったよりも寒いぞ。ニュースで昨日言ってた予報外れてんじゃねぇか。

　俺はコートの襟を立て、風に歯向かう姿勢をとって駅前へと急いだ。こういう態勢というかポーズは好きだ。北風に吹かれながら街を歩くっていうのは、タフガイだ。レザージャケットとブーツ、コート、ストール。この実にハードボイルドな服装が自然にでき、しかも凍えそうな冬は、俺の好きな背景である。

　だから失敗だったっていうのは俺のことじゃない。待ち合わせてる相手がさきに来ていたら悪いな、って意味だ。

　待ち合わせ時間より五分早いが、相手はいつも俺よりも早く来ている。さて、今日はどうだろう。

「あ」

　見えた。もう来てんのかよ早いな。彼女は、翼さんは俺に気付いて大きく手を振っていた。

「おーい！」

いや、わかるから。もう少し落ち着けよ、もう23歳なんだろ子どもか。

そう思いつつも、天真爛漫（てんしんらんまん）な彼女が嬉しそうに迎えてくれて、俺もまあ、あれだ。

「早いな」

「うん。早いでしょ」

白いコートを着た翼さんはくそ寒いわりには元気そうだった。よく見ると童顔だし、年齢よりも幼く見える。

「よし。じゃあ、行こ」

行くさきを指さし、前を歩く彼女。俺が人前で手を繋いだり腕を組んだりするのが嫌いなことを、彼女は知っているようだ。

「メシの前に本屋な」

「やだな。発売日でしょ？　わかってるよー」

軽快な足取りの翼さんに一応言ってみると、ぶーぶー、と不満を垂れてきた。まあ、さすがにこれを忘れてたら衝撃だよな、うん。

っていうか、あれが発売されるのも衝撃ではある。でも逆に誰もあれが実話をもとにしたフィクションだなんて思わないだろう。なにしろ医者も半信半疑だったくらいだし。

そういえば、華沢先生は仮名で出てくるわけだけど、わかる人にはわかるかもしれないし、少ししたら騒ぎになるかもしれない。なにしろ俺は次回作で『悪魔を騙す者』のトリックをさらに発展させた物語をぶちかましてやるからだ。パクリ野郎には絶対に思いつけないネタをな。今のうちに盗作の売り上げ伸ばしておけよ。踏み台にしてやる。

「遅いよー」

「はいはい」

俺は少し歩を速めて翼さんの横に追いつき、少し歩を緩めて並んで歩きだした。

「本屋行ったあと、なに食う？」

「んー。お鍋！」

「俺、最近鍋ばっか食ってて飽きた。それはパス」

「じゃあすき焼き？」

「すき焼きは鍋じゃねぇとでもいうのか」

益体もないことを口にしながら、冬の街を行く。それは当たり前の情景で、よくある関係性の二人だ。俺にこういうことが訪れるとは思っていなかったが、まあ生きていると色々ある。

「そいえばさ。結局、タイトルってなににしたの？」

ふと、翼さんは俺を見上げて聞いてきた。くしゃっとした笑顔を浮かべていて、もしかして俺より喜んでないかコイツ、って気がする。

それはそうとタイトルについては、ギリギリまで決まらなかったこともあって伝えていなかったのを思い出す。俺が最初に考えたタイトル案は編集部のほうから修正依頼がきて、もっと分かりやすく売れ線を意識したものに変えることになった。だからタイトル買いして読んだ人は思ったのと違った、と感じるかもしれない。

でもよく考えると内容通りのタイトルで、読後感は最高。鮮やかに騙したようで、実は直球。そんなタイトルをなんとかひねり出した。

ここまで来たら翼さんには教えず、本屋で表紙を見てもらってもいいけど、どうしようかな。

俺は新作とそのタイトルを思い浮かべてみた。

昨日を失った男が、あがいた軌跡。

明日を求めた男に、起こった奇跡。

「あー、そうだな、タイトルは」

「うんうん」

子どもみたいな目で見つめてくる彼女に俺はちょっともったいぶってから答えた。

「余命1日の僕が、君に紡ぐ物語」

――さて、俺の新作を最後まで読んでくれた君。
どうかな、少しは痺れてくれたかい？――

この作品は平成三十年九月双葉社より刊行された『僕は僕の書いた小説を知らない』を改題したものである。新潮文庫化に際し大幅に加筆・修正した。

浅原ナオト著

今夜、もし僕が死ななければ

「死」が見える力を持った青年には、大切な誰かに訪れる未来も見えてしまう——。愛する人への想いに涙が止まらない、運命の物語。

阿部和重
伊坂幸太郎著

キャプテンサンダーボルト 新装版

新型ウイルス「村上病」と戦時中に墜落したB29。二つの謎が交差するとき、怒濤の物語の幕が上がる！ 書下ろし短編収録の新装版。

伊与原 新著

青ノ果テ
—花巻農芸高校地学部の夏—

僕たちは本当のことなんて1ミリも知らなかった——。東京から来た謎の転校生との自転車旅。東北の風景に青春を描くロードノベル。

乾 くるみ著

物件探偵

格安、駅近など好条件でも実は危険が。事故物件のチェックでは見抜けない「謎」を不動産のプロが解明する物件ミステリー6話収録。

江戸川乱歩著

怪人二十面相
—私立探偵 明智小五郎—

時を同じくして生まれた二人の天才、稀代の探偵・明智小五郎と大怪盗「怪人二十面相」。劇的トリックの空中戦、ここに始まる！

榎田ユウリ著

ここで死神から残念なお知らせです。

「あなた、もう死んでるんですけど」——自分の死に気づかない人間を、問答無用にあの世へと送る、前代未聞、死神お仕事小説！

王城夕紀著
青の数学
雪の日に出会った少女は、数学オリンピックを制した天才だった。数学に高校生活を賭す少年少女たちを描く、熱く切ない青春長編。

梶尾真治著
おもいでマシン
―1話3分の超短編集―
クスッと笑える。思わずゾッとする。しみじみ泣ける――。3分で読める短いお話に喜怒哀楽が詰まった、玉手箱のような物語集。

河端ジュン一著
六畳間
ミステリーアパート
そのアパートで暮らせばどんなお悩みも解決する!? 奇妙な住人たちが繰り広げる、不思議でハートウォーミングな新感覚ミステリー。

片岡　翔著
ひとでちゃんに
殺される
怪死事件の相次ぐ呪われた教室に謎の転校生「縦島ひとで」がやって来た。悪魔のように美しい彼女の正体は!? 学園サスペンスホラー。

加藤千恵著
マッチング!
30歳の彼氏ナシOL、琴実。妹にすすめられアプリをはじめてみたけれど――。あるあるが満載! 共感必至のマッチングアプリ小説。

越谷オサム著
次の電車が来るまえに
故郷へ向かう新幹線。乗り合わせた人々から想起される父の記憶――。鉄道を背景にして心のつながりを描く人生のスケッチ、全5話。

彩藤アザミ著

エナメル
―その謎は彼女の暇つぶし―

美少女で高飛車で天才探偵で寝たきりのメルとその助手兼彼氏のエナ。気まぐれで謎を解く二人の青春全否定・暗黒恋愛ミステリ。

佐野徹夜著

さよなら世界の終わり

僕は死にかけると未来を見ることができる。生きづらさを抱えるすべての人へ。『君は月夜に光り輝く』著者による燦めく青春の物語。

恩田陸・芦沢央・海猫沢めろん・織守きょうや・さやか・小林泰三・澤村伊智・前川知大・北村薫著

だから見るなといったのに
―九つの奇妙な物語―

背筋も凍る怪談から、不思議と魅惑に満ちた奇譚まで。恩田陸、北村薫ら実力派作家九人が競作する、恐怖と戦慄のアンソロジー。

恩田陸・阿部智里・宇佐美まこと・彩藤アザミ・澤村伊智・清水朔・あさのあつこ・長江俊和著

あなたの後ろにいるだれか
―眠れぬ夜の八つの物語―

恩田陸の学園ホラー、阿部智里の奇妙な怪談、澤村伊智の不気味な都市伝説……人気作家が競作、多彩な恐怖を体感できるアンソロジー。

千早茜・遠藤彩見・田中兆子・神田茜・深沢潮・柚木麻子・町田そのこ著

あなたとなら食べてもいい
―食のある7つの風景―

秘密を抱えた二人の食卓。孤独な者同士が集う居酒屋。駄菓子が教える初恋の味。7人の作家達の競作に舌鼓を打つ絶品アンソロジー。

清水朔著

奇譚蒐集録
―弔い少女の鎮魂歌―

死者の四肢の骨を抜く奇怪な葬送儀礼。少女たちに現れる呪いの痣(あざ)の正体とは。沖縄の離島に秘められた謎を読み解く民俗学ミステリ。

谷 瑞恵著

額装師の祈り 奥野夏樹のデザインノート

婚約者を喪った額装師・奥野夏樹。彼女の元へ集う風変わりな依頼品に込められた秘密とは何か。傷ついた心に寄り添う五編の連作集。

七月隆文著

ケーキ王子の名推理(スペシャリテ)

ドSのパティシエ男子&ケーキ大好き失恋女子が、他人の恋やトラブルもお菓子の知識で鮮やか解決！ 胸きゅん青春スペシャリテ。

早坂 吝著

探偵ＡＩのリアル・ディープラーニング

天才研究者が密室で怪死した。「探偵」と「犯人」、対をなすＡＩ少女を遺して。現代のホームズVS.モリアーティ、本格推理バトル勃発!!

萩原麻里著

呪殺島の殺人

目の前に遺体、手にはナイフ。犯人は、僕？――陸の孤島となった屋敷で始まる殺人劇。呪術師一族最後の末裔が、密室の謎に挑む！

堀川アサコ著

伯爵と成金 ―帝都マユズミ探偵研究所―

伯爵家の次男かつ探偵の黛望(まゆずみのぞみ)と、成金のどら息子かつ助手の牧野心太郎が、昭和初期の耽美と退廃が匂い立つ妖しき四つの謎に挑む。

堀内公太郎著

スクールカースト殺人教室

女王の下僕だった教師の死。保健室に届く密告の手紙。クラスの最底辺から悪魔誕生。もう誰も信じられない学園バトルロワイヤル！

デザイン　川谷康久（川谷デザイン）

余命1日の僕が、君に紡ぐ物語

新潮文庫　き－51－1

令和五年六月一日発行

著者　喜友名トト

発行者　佐藤隆信

発行所　株式会社新潮社

郵便番号　一六二—八七一一
東京都新宿区矢来町七一
電話　編集部（〇三）三二六六—五四四〇
　　　読者係（〇三）三二六六—五一一一
https://www.shinchosha.co.jp

価格はカバーに表示してあります。

印刷・錦明印刷株式会社　製本・錦明印刷株式会社

ISBN978-4-10-180264-0 C0193